야산에 묻혀 버렸더니 4

2023년 8월 9일 초판 1쇄 인쇄
2023년 8월 14일 초판 1쇄 발행

지은이 소수림
발행인 강준규

기획 이기헌 왕소현 임동관 박경무 강민구 조익현
책임편집 천기덕
마케팅지원 이원선

발행처 (주)로크미디어
출판등록 2003년 3월 24일
주소 서울시 마포구 마포대로 45 일진빌딩 6층
Tel (02)3273-5135 Fax (02)3273-5134
홈페이지 rokmedia.com E-mail rokmedia@empas.com

ⓒ 소수림, 2023

값 9,000원

ISBN 979-11-408-1162-5 (4권)
ISBN 979-11-408-1158-8 04810 (세트)

UTOPIA

야산에 불 혀벼렸더니

소수림 현대 판타지 장편소설

CONTENTS

불가합니다

'너무 편안하다.'

제1 명상실 바닥.

그곳에 대자로 누워 있는 한여진의 모습이다.

석기가 이곳에서는 어떤 자세도 상관없으니 편하게 쉬고 있으면 된다는 말에 그녀는 아예 벌러덩 누워 버렸다.

가습기에서 흘러나오는 연기에 무슨 특별한 성분이라도 있는 건지, 갈수록 심신이 정화되는 기분이었다.

이렇게 편안하게 누워서 살이 빠진다니 믿기지 않지만, 기분 좋은 장소임은 분명했다.

'나도 보통 여자애처럼 살고 싶은데.'

이제는 웬만큼 면역이 될 법도 했다.

하지만 겉으로는 아이들의 조롱을 무시하는 것처럼 행동해도, 속마음은 여전히 그녀를 괴물처럼 대하는 시선에 계속 상처받고 있었다.

한여진이 다니는 고등학교.

그곳에서 그녀는 인간 이하의 대접을 받고 있었다.

　

　-슈퍼뚱땡이!

　-우주괴물!

　-똥덩어리!

　

초고도 비만인 한여진을 향한 별명들.

워낙 경악할 정도의 엄청난 몸매로 인하여 대놓고 면전에서 한여진에게 뭐라고 하지는 못하지만, 돌아서서는 다들 킥킥거리며 비웃고, 심지어 눈이 썩어 버릴 것 같으니 죽어 버리라는 저주마저 퍼붓기까지 했다.

그런 아이들의 태도에 이젠 정신마저 피폐해졌다.

그녀는 아침이 되어 눈을 뜰 때마다 괴물 같은 모습으로 또다시 하루를 시작한다는 것이 너무 싫었기에, 영원히 잠에서 깨어나지 않기를 바란 적이 한두 번이 아니었다.

그녀도 살을 빼기 위해 안 해 본 것이 없었다.

며칠을 굶기도 해 보고, 살을 빼 준다는 온갖 약도 먹어 보고, 토할 정도로 운동도 해 보았고, 방학 때는 지방을 제거하는 수술까지 받아 보았지만 모두 허사였다.

오히려 스트레스로 인하여 더욱 살이 불어나곤 했다.

'어린 시절로 돌아가고 싶어.'

어린 시절 그녀의 꿈은 가수였다.

MB방송국 사장이라는 아빠를 졸라서 음악 방송을 구경한 적이 있었는데 그때 무대에서 노래를 부르던 가수에게서 빛이 나는 느낌을 받았다.

예쁘고 늘씬한 몸매에 아름다운 노래로 대중을 행복하게 해 주는 가수가 너무 멋져 보였다.

초딩 시절까지만 해도 한여진은 보통 아이들과 비슷한 몸을 하고 있었기에, 수업 시간에 발표한 가수가 되고 싶다는 그녀의 꿈에 아이들이 박수를 보내며 응원했다.

하지만 중학생이 되어 초경을 시작한 후로 그녀의 몸집이 걷잡을 수 없이 불어나기 시작했다.

거의 일 년 사이에 체중이 두 배로 불어나더니, 고등학생이 된 지금은 보통 성인 남자의 두 배나 되는 체중을 갖게 되었다.

세상이 원망스러웠다.

모르는 사람들은 그녀가 먹는 것에 탐닉해서 살이 찐 것으로 아는데 절대 그렇지 않았다.

어느 날 자고 일어났는데 퉁퉁 몸집이 불어나 있었고, 그 후로는 계속해서 물만 마셔도 살이 불어났다.

'왜 나는 이렇게 살아야 하는 걸까. 평생 이렇게 살 바에는 차라리 죽어 버리는 것이 나을지도.'

눈을 감은 한여진의 뺨 위로 눈물이 줄줄 흘러내렸다.

살고 싶었다.

행복하게 잘살고 싶었다.

가수가 되고 싶은 꿈도 이루고 싶었다.

더는 괴물이라는 손가락질을 받지 않고 살고 싶었다.

그렇게 살 수만 있다면.

얼마나 좋을까.

제발!

"흐으윽!"

한바탕 눈물을 쏟아 내던 한여진이 갑자기 눈을 떴다.

누웠던 바닥에서 일어섰다.

이곳의 공기.

뭔가 이상했다.

가슴이 두근거렸다.

노래가 부르고 싶어졌다.

초딩시절 방송국 음악 방송에서 봤던 그때의 장면이 떠올랐다.

그녀가 좋아했던 가수.

무대에서 춤추고 노래하던 가수가 너무 멋져 보였기에, 집으로 돌아와서도 몇 번이고 가수의 춤과 노래를 따라서 연습

했다.

쿵쾅쿵쾅!

제1 명상실이 마치 무대라도 된 것처럼 그녀가 움직이기 시작했다. 입에서는 노래 소리가 흘러나왔고, 팔다리는 춤을 추듯이 움직였다. 누가 지금 그녀의 모습을 본다면 괴물이 날뛴다고 하겠지만 지금 한여진은 그 어느 때보다 진중했고, 노래와 춤을 추는 지금 이 순간 세상에서 가장 행복했다.

그렇게 한 시간이 흘러갔다.

가습기에서 뿜어져 나오던 연기가 멈추게 될 때까지 춤추고 노래했던 그녀였다.

"헉헉!"

땀이 비 오듯이 쏟아졌다.

숨을 헐떡거리며 간신히 호흡을 가다듬던 한여진의 고개가 갸우뚱거려졌다.

거의 한 시간에 가깝게 움직였지만, 숨이 찰 뿐 몸은 생각만큼 힘들지 않다는 것이다.

'만일 다른 곳에서 이런 식으로 격하게 움직였더라면 응급실에 실려 갔을 거야.'

한여진은 기분이 얼떨떨했다.

지금 상황에 대해서 뭐가 뭔지 자세히는 모르겠지만 중요한 것은, 그렇게 심하게 움직였는데도 피로가 전혀 느껴지지 않는다는 것이다.

그야말로 최상의 컨디션이었다.

중학생 시절 살이 불어난 이후로 이런 컨디션의 상태는 처음인지라 잘 적응이 되지 않을 정도였다.

'축축해.'

일단 땀으로 흠뻑 젖은 몸의 상태였기에 씻을 필요가 있었고, 다행히 이곳은 샤워실까지 구비되어 있다는 점이었다.

잠시 후.

샤워를 마친 한여진은 거울이 있는 곳을 쳐다봤다.

이제까지는 괴물과도 같은 자신의 모습을 보는 것이 싫었기에 가급적 꼭 필요한 일이 아니고선 거울을 볼 일을 피해 왔다.

그녀는 용기를 냈다.

샤워를 하면서 뭔가 몸이 달라진 느낌을 받았기에, 조심스레 거울 앞으로 움직였다.

그렇게 거울 앞에 다가선 그녀.

"헉, 내 얼굴이⋯⋯!"

얼굴 피부가 달라졌다.

여드름으로 울긋불긋했던 얼굴 피부가 믿지 못할 정도로 깨끗하게 변해 있었다.

"거기에 목선이⋯⋯."

그동안 잔뜩 늘어졌던 턱살로 인해 목이 어깨에 붙어 있는 것처럼 보였던 그녀 모습이었는데, 거울에 비친 모습은 그렇지가 않았다.

얼굴과 목의 경계선이 생겼다.

팔뚝, 복부, 허벅지도 달라졌다.

아직도 뚱뚱하다고 볼 수 있었지만, 더는 괴물 같은 분위기는 아니라는 점이었다.

'어떻게…… 이런 일이?'

한여진은 거울에 비친 자신의 모습이 적응이 되지 않았다.

그렇게 한참을 멍하니 거울을 바라보고 있던 한여진의 뺨 위로 눈물이 흘러내렸다.

"흐으윽!"

믿기지 않았지만 실화였다.

그녀의 모습이 확실히 달라졌다.

단 한 시간 정도 제1 명상실에서 신나게 노래를 부르고 춤을 추었을 뿐이었다.

그랬는데 이렇게 변한 것이다.

그동안 살을 빼기 위해서 온갖 노력을 해 봤지만 모두 허사였는데 유토피아 힐링센터는 달랐다.

게다가 급작스레 살이 빠진 상태임에도 놀랍게도 부작용도 없는 듯 최상의 컨디션의 상태를 유지할 수 있었다.

"이제…… 괴물이 아니야."

그동안 사람들에게 괴물로 취급받았던 여고생 한여진이 새롭게 태어나는 순간이었다.

아직까지는 정상인의 몸매는 아니었지만, 그래도 괴물로 봐줄 정도까지는 아니란 것에 그녀는 중학생 시절 이후로 처음으로 희망이란 것을 갖게 되었다.

'빨리 아빠에게 보여 주고 싶어!'

한여진은 달라진 자신의 모습을 부친 한성후에게 보여 주고 싶었다. 그동안 딸을 위해서 부단히 애써 온 가족들이었고, 특히 딸바보인 한성후는 딸에게 조금이라도 도움이 되는 것이 있다면 그것을 구하고자 백방으로 움직였다.

'저건?'

탈의실로 들어온 한여진의 눈에 바구니에 담긴 옷이 보였다.

석기가 준비해 놓은 옷이다.

아까 한여진이 제1 명상실에 들어갈 때는 사이즈가 맞는 옷이 없다 보니 입고 온 상태로 들어갈 수밖에 없었지만, 그곳을 나온 후로는 한여진 몸에 변화가 있을 것을 알고 있기에 이렇게 갈아입을 옷을 준비해 놓은 것이다.

지금까지 한여진이 걸쳤던 옷들은 모두 맞춤복이었다.

교복, 체육복, 평상복, 속옷까지. 시중에서 파는 옷들은 그녀의 몸에 맞지가 않았기에 따로 맞춰 입어야만 했던 것이다.

하지만 바구니에 담긴 옷은 맞춤복이 아니란 점이었다.

여고생들이 평범하게 소화할 수 있는 디자인과 색감이었

고, 사이즈도 지금까지 입던 것과는 전혀 달랐다.

　한여진이 옷을 입었다.

　가슴이 두근거렸다.

　그렇게 석기가 준비해 놓은 의상으로 갈아입은 한여진이 거울에 비친 모습을 살펴봤다.

　'저 모습이…… 나라고?'

　눈물이 앞을 가렸다.

　아직도 뚱뚱하긴 했지만, 그래도 너무 예뻤다.

❈

　한편, 힐링센터 휴게실.

　석기와 함께 휴게실에서 기다리고 있던 한성후.

　그는 한 시간이 지난 순간부터 초조한 기색으로 휴게실 입구를 쳐다보고 있었다.

　그러던 그때.

　벌떡!

　한성후가 자리에서 일어섰다.

　한여진이 밖으로 나온 것이다.

　"와아!"

　한성후 입이 떡 벌어졌다.

　힐링센터를 들어가기 전과는 파격적으로 달라진 딸의 모

습이었던 탓이다.

"아, 아빠!"

"너…… 정말 여진이 맞아?"

"응! 여진이 정말 맞아!"

한성후가 딸 한여진을 부둥켜안고 눈물을 쏟아 냈다.

마치 새롭게 태어난 모습처럼 예쁘게 변한 딸 한여진을 보고 또 봐도 질리지가 않았다.

"감사합니다! 감사합니다!"

한성후가 석기의 손을 잡고 몇 번이고 감사 인사를 해댔다.

석기는 한여진의 변화를 당연하게 생각하고 있었지만, 한성후는 너무 감격스러워하고 있었다.

만일 처음부터 한여진을 제1 명상실이 아니라 제2 명상실을 들어가게 했다면 지금보다 더욱 효과를 봤을 테지만 일부러 그러지 않았다.

한성후는 딸바보였지만 오장환과 친분이 있는 사이였다.

그랬기에 한성후를 석기의 편으로 완전히 돌아서게 만들기 위해선 한여진을 데리고 계속 힐링센터를 방문하게 만들 필요가 있었다.

유토피아 힐링센터.

그곳은 비장의 무기가 되어 줄 터.

오장환이 아무리 유토피아를 해하고자 비겁한 짓을 한다

해도, 힐링센터를 경험하게 된다면 누구든지 석기 편으로 돌아서게 될 것이다.

예뻐지고 늘씬해지는 것.

연예인에게는 매우 중요한 문제이기도 했지만, 일반인들에게도 아름다움을 탐닉하는 것은 자연스러운 본성이라 볼 수 있었으니 말이다.

"이제 시작입니다. 여진 양의 몸매를 정상으로 만드는 데에 2주로 잡고 있습니다. 그러니 매일 힐링센터를 방문해야 할 겁니다."

"감사합니다! 매일 여진이를 데리고 힐링센터를 방문할 것이니 앞으로 잘 부탁드립니다!"

한성후는 만일 한여진의 몸이 정상의 상태가 된다면 MB방송국의 사장으로서 유토피아를 전적으로 밀어줄 작정이었다.

딸바보인 한성후는 힐링센터를 겨우 한번 이용한 것으로 딸이 달라진 것에 석기를 절대적으로 신뢰하게 된 것이다.

웅웅!

한성후 핸드폰이 울렸다.

드라마국장 장길홍 전화였다.

장길홍이 전화를 건 이유를 대충 눈치채고 있었지만, 한성후는 석기가 있는 자리에서 통화했다.

-오 회장님이 사장님이 전화를 받지 않으신다고 걱정하시기

에 무슨 일이 있나 싶어서 연락드렸습니다.

"좀 바쁜 일이 있긴 했네. 그리고 서 작가의 차기작 여주 문제는 민예리 배우로 가기로 했으니 그렇게 알게."

한성후가 장길흥과 통화하면서 석기를 의식하듯이 슬쩍 목소리에 힘을 주었다.

석기가 딸 한여진에게 힐링센터를 경험하게 한 것이, 유토피아 소속인 민예리 배우를 서말숙의 차기작 여주로 굳히려는 목적임을 알고 있기에 말이다.

-그, 그게 무슨 소리입니까? 술자리에서 사장님께서 명성미디어를 도와주시기로 하시지 않으셨습니까?

장길흥의 당황한 음성에 한성후가 느긋하게 상대했다.

"난 그런 소리를 한 적이 없네. 그저 서 작가를 다독여 보겠다고 했지. 하지만 서 작가의 뜻이 워낙 완고해서 여주인공을 다른 배우로 바꿀 생각이 없는 모양이니 어쩌겠는가. 괜히 서 작가 비위를 건드려서 차기작이 엎어져도 곤란하니 장 국장도 더는 나서지 말게."

한성후의 응대에 더욱 당황한 장길흥이 안 되겠다 싶었던지 명성을 걸고넘어졌다.

-그러다 명성제작사에서 서 작가의 차기작을 맡지 않겠다고 나오면 어떻게 하실 거죠?

"흐음, 명성에서 정 그렇게 나온다면 우리 MB에서 서 작가의 차기작을 제작해야 하지 않겠나? 어차피 외주 제작을 하려던 것도 그쪽이 원해서 한 것이니 우리로선 문제될 것은 없다고 보네. 그러니 장 국장도 너무 명성만 편애하지 말고 중용의 길을 걷도록 하게나."

드라마국장 장길흥과의 통화가 끝난 한성후가 석기를 향해 빙그레 웃어 보였다.

힐링센터를 경험하게 해 준 대가를 제대로 해 준 셈이었다.

❖

오장환 비서실장 남기택.

그는 오장환의 지시로 부랴부랴 MB방송국 사장 한성후의 집 대문 앞에 도착했지만, 인터폰을 통해 가사도우미가 외출을 나간 한성후와 딸 한여진이 아직 집에 돌아오지 않았다고 전했다. 집안에 들어가서 기다릴 생각은 없었다. 부녀가 집에 있는 지에 대한 여부를 알아보고자 왔기에.

예감이 좋지 못했다.

대문 앞에서 MB방송국 드라마국장 장길흥에게 연락해 보았다.

한성후 사장 집으로 출발하기 전에 남기택과 통화를 나눴던 장길흥이 무슨 일인지 이번에는 전화를 받지 않았다. 두 차례 연락을 취했지만 받지 않았다.

남기택은 차를 몰아 장길흥 집으로 움직였다.

부르릉!

이대로 아무런 정보도 구하지 못하고 돌아갈 수는 없었다. 그랬다가는 오장환이 남기택을 잡아먹으려고 할 테니.

현재 오장환이 새롭게 시작한 명성미디어의 첫 작품으로 서말숙 작가의 차기작을 드라마로 제작할 계획이었다.

하지만 MB방송국 사장 한성후가 오장환에게서 등을 돌린다면 문제가 복잡했다.

끼이익!

장길흥 아파트에 당도했다.

주차장에서 장길흥에게 전화를 걸었다.

전화를 받지 않자 코톡을 남겼다.

-남기택 실장입니다. 지금 장 국장님 아파트 주차장에 와있습니다. 집으로 찾아뵐 생각입니다.

그제야 장길흥이 답장을 보냈다.

-올라오실 필요 없습니다. 주차장으로 내려갈 테니 기다리시죠.

장길흥의 답장에서 어딘지 거리를 두려는 분위기를 감지했기에 남기택의 표정이 어둡게 변했다.

서말숙 작가는 몰라도 장길흥은 확실하게 명성의 편을 들어 줄 것으로 여겼기에 말이다.

잠시 시간이 흐르고.

주차장에 세워 놓은 남기택의 차로, 중년 사내 장길흥이 평상복 차림새로 손에 쇼핑백을 들고 나타났다.

타악!

장길흥이 조수석에 올라탔다.

남기택이 힐난하듯이 장길흥을 쳐다보며 물었다.

"어떻게 된 거죠? 왜 제 전화를 받지 않으신 겁니까?"

"흠, 흠, 이것부터 받으세요."

"그건……."

남기택이 장길흥이 내민 쇼핑백을 당황하여 쳐다봤다.

장길흥에게 뇌물 조로 선물한 홍삼이 담긴 쇼핑백이었다. 홍삼은 그저 뇌물을 건네주기 위한 용도로 준비한 것이고, 정말 중요한 뇌물은 쇼핑백 안에 들어 있던 억대를 호가하는 골프 회원권이었다.

"흠, 흠, 이건 뒷좌석에 놓겠습니다. 홍삼은 와이프가 모르고 뜯어본 모양입니다. 사실 저도 남실장님에게 받은 선물을 이렇게 돌려주는 것이 마음이 편치는 않지만…… 저희 사장님께서 중용의 도를 지키라는 지시가 내려와서 어쩔 수가 없네요."

뒷좌석에 쇼핑백을 내려놓는 장길흥의 표정은 아쉬운 눈빛이긴 했지만 받아먹었다간 탈이 날 물건인지라 미련을 버렸다.

장길흥이 확실하게 선을 긋는 태도에 남기택 얼굴이 붉어졌다.

"하아! 장 국장님! 지금 장난하시는 겁니까? 사업이 무슨 애들 장난도 아니고……!"

"그러게 말입니다. 저도 마음 같아선 명성미디어랑 손잡고 편안하게 가고 싶지만…… 하여간 남 실장님에게 받은 물건은 모두 돌려주었습니다. 그러니 나중에 딴소리하지 마세요."

"하아! 젠장!"

남기택이 입술을 질끈 깨물었다.

그나마 가장 명성에 우호적이었던 장길홍이 이렇게 나오자 서말숙 차기작은 접을 수밖에 없었다.

그걸 회사로 돌아가 오장환에게 보고해야 한다고 생각하니 남기택은 머리가 다 지끈거렸다.

"대체 이유가 뭡니까? 어제까지만 해도 저희 명성을 밀어주기로 하지 않으셨습니까?"

"그게…… 상황이 바뀌었습니다."

"상황이 어떻게 바뀌었다는 거죠?"

남기택의 의문 어린 시선에 장길홍이 의미심장한 표정으로 눈빛을 반짝였다.

사실 장길홍은 아까 한성후 집안의 가사도우미와 통화를 나눈 상태였다.

뭔가 낌새가 이상해서 정보를 얻고자 가사도우미에게 이

것저것을 캐묻게 되었는데, 아침에 서말숙 작가와 석기가 한성후 집을 방문했다는 사실을 알게 되었다.

그리고 더욱 중요한 것은 저녁에 한성후가 딸 한여진을 데리고 외출을 나갔는데, 가사도우미에게 행선지가 어디인지를 밝히지 않긴 했지만, 문제는 평소와는 달리 한여진이 몹시 흥분한 상태였다고 했다.

그것으로 한성후와 한여진이 외출한 행선지를 장길홍은 충분히 유추가 가능했다.

"남 실장님! 인터넷에 유토피아의 힐링센터에 관한 기사가 올라왔던데, 혹시 보셨는지 모르겠군요."

"흠, 흠, 기사 올라온 거 보긴 했습니다만…… 너무 과대 포장한 느낌이 들더군요."

"과대 포장이라? 하지만 K연예매거진은 다른 연예매거진에 비해서 비교적 공정한 기사를 쓰는 곳으로 알려지지 않았습니까?"

"그렇긴 하지만 힐링센터에 관한 기사는 그래도 과한 구석이 있어 보입니다."

"과한 구석이라. 하지만 유토피아에서 생산한 연예인 비누와 릴렉스 향수의 효과를 봐도 기자가 없는 말을 지어낸 것으론 보이지 않죠? 게다가 그 두 가지 제품의 장점을 합쳐서 만든 곳이 바로 힐링센터라고 하니 말이죠."

"근데 힐링센터가 유토피아엔터 소속 연예인들을 케어하

기 위해서 만든 곳이라던데 그렇게 기자까지 초대해서 소문을 낼 이유가 있을까요?"

남기택의 불퉁한 대꾸에 장길흥이 눈빛을 빛내며 다시 대화를 이어 나갔다.

"유토피아 대표 입장에선 소문낼 이유가 있겠죠. 사실 지금 유토피아의 힐링센터 기사가 인터넷에 올라온 후로 엔터계가 들썩거리고 있답니다. 이러다가 연예인들이 죄다 유토피아로 빠져나가는 거 아니냐고 말이죠. 확실히 젊은 사람이 대표라 그런지 머리 쓰는 것이 남다르긴 하죠. 힐링센터, 이거 대박 스멜이 풍긴단 말이죠?"

솔직히 장길흥은 명성미디어의 편에 서는 것이 콩고물도 많이 떨어져서 그곳을 선호했지만, MB방송국 사장 한성후가 유토피아의 편에 설 것이라는 느낌을 받자, 그도 명성에서 손을 뗄 구실이 필요했기에 일부러 더욱 격하게 유토피아의 칭찬을 입에 올렸다.

'장 국장 이 새끼, 지금 뭐 하자는 수작이지? 뇌물을 좋다고 받아 처먹을 때는 언제고, 자꾸 유토피아를 칭찬하고 지랄이야!'

남기택의 표정이 확 일그러졌다.

안 그래도 유토피아 힐링센터에 관한 기사를 보고 나서 오장환이 남기택을 당장 한성후 집을 방문토록 한 상태였다.

하지만 부녀가 외출을 했다는 것에 뭔가 정보를 얻어낼 요량으로 장길홍을 찾아온 것인데 사람의 속을 긁어 대는 얘기를 계속 하고 있으니 화가 치밀었다.

"장 국장님! 오늘 좀 이상하시네요. 갑자기 유토피아 힐링센터의 얘기를 꺼내는 저의가 뭡니까? 설마 한 사장님이 그곳에 초대라도 받았다는 겁니까?"

남기택의 반응에 장길홍이 옳다구나 응대했다.

"그렇지 않나 싶습니다."

"뭐, 뭐라고요? 그럼 힐링센터에 초대받은 것 때문에 저희 회장님 전화도 받지 않고 있다는 겁니까?"

"남 실장님도 저희 한 사장님에 대해서 잘 알고 계시지 않습니까? 따님 일이라면 죽고 못 사는 분이 바로 저희 한 사장님이시죠. 그러니 힐링센터에 초대를 받았다면 절대 거절하지 못했을 겁니다."

"그렇다고 힐링센터에서 한 사장님 따님의 몸을 정상으로 만들어 준다는 보장도 없는 일 아닙니까?"

"그건 그렇습니다만, 한 사장님 입장에선 지푸라기라도 잡고 싶은 심정일 겁니다. 게다가 서 작가가 내일로 답변을 연기한 것도 실은 민예리 배우를 포기하지 않겠다는 의도로 그렇게 말한 걸 겁니다."

"그렇담 강제로라도 서 작가에게 민예리 배우를 포기하게 만들면 되지 않습니까?"

"그게 어디 말처럼 쉬운 일입니까? MB방송국 드라마 작가 중에서 최고로 우대받고 있는 서 작가입니다. 만일 서 작가의 의견을 무시하고 강제로 민예리 배우를 빼 버렸다간 자칫 작품이 엎어지게 될 수도 있습니다. 그렇게 되면 명성제작사만 중간에서 이도저도 아니게 된다는 점이죠. 하여간 이번 문제는 저도 매우 유감스럽게 생각하는 바지만, 오늘은 이만 돌아가시는 것이 좋겠습니다."

남기택이 분노한 기색으로 장길흥을 노려봤다.

MB방송국 사장 한성후가 확실하게 명성과 등을 돌리겠다는 말을 꺼낸 것은 아니나, 드라마국장인 장길흥이 남기택에게 뇌물로 받은 선물을 돌려준 것으로 이미 명성과 거리를 두겠다는 의미나 다름없었다.

"장 국장님! 한 사장님께 전해 주세요! 저희 명성미디어를 이런 식으로 대접했다가 나중에 큰 코 다칠 것이라고 말이죠!"

"하여간 장 국장님 얼굴 볼 낯이 없네요. 그만 가 보겠습니다."

장길흥이 차에서 내렸다.

뒷좌석에 놓아둔 쇼핑백을 힐끔 쳐다보는 장길흥의 눈에 아쉬움이 언뜻 엿보였지만, 한성후가 명성에게서 돌아선 이상 저걸 먹었다간 탈이 날 터였기에 미련을 버렸다.

부아아앙!

남기택은 장길흥이 차에서 내리기가 무섭게 거칠게 차를

몰고 아파트 주차장을 빠져나갔다.

❆

한남동 대저택.

오장환 집을 찾아온 남기택.

밤이 깊었지만 내일 회사에서 보고를 하기엔 문제가 심각
했기에 남기택은 장길흥과 헤어지자 곧바로 한남동을 찾아
왔다.

남기택은 장길흥에게 들은 얘기를 가급적 오장환이 불쾌
하게 여기지 않도록 조심해서 보고를 했다.

하지만 남기택의 보고가 끝나자 오장환의 입에서 결코 좋
은 소리가 나오지 않았다.

"한 사장 그놈 아주 몹쓸 사람이구먼! 명성을 밀어주기로
해 놓고 오리발을 내밀겠다 이건가?"

"한 사장님이 따님 문제만 아니었으면 분명 회장님과의 친
분을 중요하게 여겼을 겁니다. 워낙 따님의 상태가 심각하다
보니 힐링센터에 초대를 받자 지푸라기라도 잡는 심정으로
거절하지 못했나 봅니다."

"딸은 순전히 핑계에 불과해! 한성후 그놈 명성과 유토피
아 사이에서 저울질하다가 힐링센터 기사가 대중에 뜨거운
관심을 끌자 그쪽으로 추가 기운 거라고! 아주 약아빠진 교

활한 놈이야! 감히 나를 속여!"

오장환도 한성후의 딸 한여진 상태를 잘 알고 있었고, 그가 딸이라면 벌벌 떠는 것도 익히 알고 있었지만, 명성에게서 등을 돌린 한성후를 절대 용서할 수가 없었다. 게다가 하필 한성후가 손을 잡은 곳이 바로 오장환이 눈엣가시처럼 여기는 유토피아라는 점이었다.

화장품사업이 석기로 인해 거하게 말아먹고 이제 미디어사업으로 첫 출발을 하려는 순간 한성후가 유토피아와 손을 잡는 바람에 매듭이 그만 꼬인 셈이 되었다.

물론 MB방송국에서 정식으로 서말숙 작가의 차기작을 명성제작사에 드라마 제작을 맡기겠다는 계약서를 작성한 상태는 아니니, 한성후가 계약을 어긴 것은 결코 아니긴 했지만, 그래도 술자리에서 구두상으로 좋게 얘기가 나온 상황이었기에 배신감을 크게 느꼈다.

"회장님! 너무 노여워하지 마십시오! 한 사장님이 명성의 손을 잡아도 서말숙 작가가 차기작 여주로 민예리 배우를 끝까지 고집하는 이상, 어차피 중도에 작품이 엎어졌을 겁니다. 그런 의미에서 차라리 일이 이렇게 된 것이 다행일 수도 있습니다."

"그래도 한성후 그놈을 용서할 수 없어! 감히 내 전화를 씹어?"

오장환은 이성적으로는 남기택의 말을 인정하면서도, MB

방송국 사장 한성후가 너무 괘씸했기에 쉽게 용서가 되지 않았다.

"내일 당장 SB방송국과 KB방송국에 연락해서 자리를 마련해 봐!"

"알겠습니다!"

"그리고 서 작가 차기작 편성이 언제로 잡혔는지도 알아 봐!"

"네! 그리하겠습니다!"

오장환이 이를 빠득 갈아 댔다.

석기의 힐링센터에 현혹된 한성후에게 뜨거운 맛을 보여 줄 작정이었다. 대한민국에 지상파가 MB방송국만 있는 것도 아니었기에 다른 곳에 줄을 대서 드라마를 제작할 계획이었다. 그걸로 서말숙의 차기작을 상대할 작정이었다. 모든 일의 시초는 서말숙이라 생각했다. 서말숙이 민예리만 쉽게 포기했다면, 한성후가 힐링센터에 초대받을 일도 없었을 것이라 여겼다.

"돈이 얼마가 들어도 좋으니 반드시 서말숙 작가의 차기작을 능가할 작품을 물어 오도록 해!"

❊

MB방송국 사장 한성후.

그가 등을 돌린 것을 알게 된 오장환의 분노는 극에 달했고, 한성후에게 보복을 해 주리라 다짐했다.

해서 비서실장 남기택에게 지시를 내렸다.

지상파 SB와 KB방송국 둘 중 한 곳이라도 잡아라.
서말숙 작가의 차기작을 능가하는 작품을 반드시 물어 와라.

남기택은 오장환의 지시가 떨어지자 분주히 움직였다.

먼저 SB방송국 드라마국장과 접촉했다.

SB에서 전에 〈진위 여부〉란 프로그램에서 유토피아를 옹호하는 방송을 보도한 적이 있긴 했지만, 드라마 쪽으론 SB방송국이 지상파에선 가장 우세인 분위기였기에 그곳을 손에 넣는다면 한성후를 물 먹이는 것은 보다 수월할 터라고 생각하여 드라마국장에게 로비하고자 했다.

"드라마를 외주로 저희 명성제작사에 맡겨 주신다면 최상의 드라마가 될 수 있도록 해 드리겠습니다! 또한 국장님께는 분당에 있는 30평대 아파트를 선물로 드리고요!"

"죄송합니다. 매력적인 제안이나 요즘 저희 방송국 분위기가 삼엄해서요. 그리고 남 실장님도 아실 테지만 저희 SB방송국은 명성과 별로 사이가 좋지 않잖아요."

뇌물이 통하지 않는 드라마국장의 태도에 남기택은 차선책으로 선택한 KB방송국으로 향하게 되었다.

지상파 방송국 중에서 가장 드라마국의 환경이 열악하긴 하지만, KB방송국에서 톱급 드라마 작가로 알려진 차정화가 조만간 차기작에 들어간다는 점에 승부수를 던져 보기로 했다.

게다가 차정화 작가는 서말숙 작가와 같은 대학 동기로 과거부터 지금까지 계속해서 라이벌 구도를 유지해 온 점에, MB방송국의 한성후 사장과 서말숙 작가를 겨냥한 복수에 딱 안성맞춤이었다.

KB방송국에선 방송국 사장이라도 드라마국장의 영역을 인정해 주는 분위기였기에 남기택은 드라마국장만 잘 구슬리면 만사형통이라고 생각하여 그에게 진하게 로비를 하고자 했다.

"저희 회장님께서 차정화 작가님의 작품을 아주 감명 깊게 보고 계십니다. 만일 차 작가님의 차기작을 저희 명성에서 맡게 해 주신다면 국장님께 분당에 위치한 30평대 아파트 매매계약서를 드리겠습니다."

서말숙 작가에 이어 SB방송국 드라마국장에게도 언급했던 분당의 30평대 아파트였다.

두 사람에게는 관심을 끌지 못했던 아파트 매매계약서가 드디어 주인을 찾았는지 KB방송국 드라마국장은 아주 반색하는 태도로 수용했다.

"명성제작사에서 저희 드라마를 제작해 주신다면 저희야

당연히 환영이죠! 다른 곳도 아니고 명성금융이 밀어주고 있는 명성미디어 아닙니까? 저희 방송국 사장님께서도 명성금융의 총수님과 친분이 두터운 관계로 알고 있으니 드라마 제작을 명성에 외주로 준다고 하면 크게 찬성하실 것이니 염려 마십시오."

드라마국장이 아파트 매매계약서에 넘어간 것을 눈치챈 남기택은 술자리에 차정화 작가도 나오게 만들어 그녀에게도 로비에 들어갔다.

"차 작가님께는 편당 고료 5천을 더 올려드리도록 하겠습니다!"

"5천이라고요?"

"16부작이면 자그마치 8억이 더 늘어나는 셈입니다!"

"호오! 8억이라! 우리 차 작가님, 오늘 운수대통 하셨네요! 명성이니 이렇게 통 크게 나오는 거지 다른 곳이면 어림도 없었을 겁니다! 하하하!"

이미 남기택 편으로 돌아선 드라마국장이 알아서 분위기를 띄우자 남기택이 눈빛을 반짝이며 차정화를 도발하듯이 말했다.

"차정화 작가님! MB방송국 드라마 작가인 서말숙 작가님과 대학 동기라면서요?"

"네에. 맞아요."

차정화의 표정이 차가워졌다.

서말숙을 언급한 것만으로 차정화의 표정이 변하는 걸 본 남기택은 옳다구나 싶어 더욱 그녀를 도발했다.

　"어떻습니까? 이번 기회에 서말숙 작가님과 경쟁을 해 보시는 것이."

　"경쟁이라고요?"

　"만일의 경우 차 작가님이 경쟁을 승낙하신다면 서말숙 작가님과 같은 시간대에 드라마를 편성받게 될 겁니다. 해 보시겠습니까?"

　안 그래도 대중이 차정화보다 서말숙 작가를 더 쳐주는 분위기에 내색은 안 했지만 자존심이 상했던 차정화였기에 남기택의 제안에 그만 주먹을 꽉 거머쥐었다.

　그녀로선 너무 멋진 제안이었다.

　편당 고료가 5천이 올라간다.

　거기에 눈엣가시처럼 여기던 서말숙 작가와 경쟁을 하게 된다.

　"해 보죠!"

　차정화가 힘차게 고갤 끄덕였다.

❀

MB방송국 사장실.

한성후 사장을 찾아온 드라마국장 장길홍이었다.

"사장님! 명성미디어에서 KB방송국과 손잡고 그곳의 드라마 제작을 맡기로 했답니다!"

"SB에서 승낙을 안했던 모양이군."

"그랬다고 하더군요. 한데 명성에서 제작하기로 한 드라마가 바로 차정화 작가의 작품이란 것이 마음에 걸립니다."

"차정화 작가면 KB방송국에선 가장 잘나가는 작가 아닌가?"

"그렇습니다. 게다가 서말숙 작가와는 라이벌 구도이기도 하고, 대학 시절에는 두 사람의 필력이 막상막하로 알려졌을 정도로 차정화 작가의 시나리오를 뽑아내는 실력도 상당하죠."

"KB방송국 드라마를 그나마 지금의 수준까지 끌어올린 것도 따지고 보면 차정화 작가의 공이 컸지."

"맞습니다! 한데 명성에서 저희 방송국에 보복하고자 아주 단단히 마음을 먹었는지, 차정화 작가의 차기작이 서 작가 차기작과 같은 시간대로 편성받을 예정이라고 하더군요."

"흐음, 오장환 회장의 성격상 절대 가만있을 인물은 아니긴 하지만 그래도 너무 속이 보이는군."

한성후가 씁쓸히 웃었다.

어차피 예상했던 일이었다.

오장환 회장의 성격상 한성후가 등을 돌렸다고 여겼을 테니 보복하고자 나올 것임.

"장 국장이 보기엔 어떤가? 서 작가와 차 작가가 같은 시간대에 붙으면 누가 이길 것 같은가?"

"저야 당연히 서 작가입니다! 심지어 서 작가의 이번 차기작은 대박 스멜이 난다는 평을 받고 있습니다. 차 작가의 저력도 무시할 수 없지만 서 작가의 레벨보다 한 수 아래라고 생각합니다."

하지만 장길흥이 서말숙을 높게 평가하는 태도에도 한성후 표정은 어딘지 개운치가 않아 보였다.

명성의 오장환 회장이 개입된다면 작가들의 작품과는 상관없이 더티한 게임으로 번질 확률이 높기 때문이었다.

"장 국장! 자네도 짐작하고 있겠지만 오장환 회장이 서 작가와 같은 시간대의 드라마 편성을 원한 것은 보복이 목적일 걸세. 그러니 단단히 각오해야 할 걸세."

"유념하겠습니다."

"사실 오장환 회장이 저리 나오는 것도 이해가 안 가는 일은 아니네만 나로선 유토피아 신 대표가 고마운 은인이나 다름없네. 그러니 서 작가의 차기작이 제대로 성공할 수 있도록 성심을 다해서 도와주게."

"그리하겠습니다. 한데 여진 양은 어떻게 차도가 있는지 모르겠군요. 유토피아 힐링센터에 관한 기사를 보긴 했지만, 그래도 걱정이 되어서 말입니다."

장길흥은 한성후가 딸을 위해서 유토피아와 손잡은 사실

이 아직까지도 썩 마음에 들지는 않았다. 힐링센터에 관한 기사를 보긴 했지만 그것을 완전 신뢰하지 않고 있었기에. 하지만 장길흥과는 달리 유토피아 석기를 단단히 신뢰하고 있는 한성후의 표정은 딸 한여진의 얘기가 나오자 아주 환해 보였다.

"조만간 우리 여진이를 방송국에 데려올 테니 직접 자네 눈으로 확인하도록 하게나!"

유토피아 힐링센터. 그곳을 한성후 딸 한여진이 이용한지 벌써 일주일하고도 닷새가 되어간다.

괴물과도 같았던 한여진의 모습은 이제 더는 찾아볼 수 없을 정도로 갈수록 정상에 가까운 몸매로 변해가고 있었다.

석기가 정했던 2주.

거기에서 이제 이틀이 남았다.

한성후는 명성의 오장환이 KB방송국과 손을 잡은 사실을 알고도 스트레스를 덜 받는 이유는 바로 사랑하는 딸 한여진으로 인해서였다. 한성후는 딸의 변화를 생각하면 명성의 오장환이 아니라 유토피아 석기 손을 잡은 것이 백번 잘한 일이라고 생각하고 있었다.

❖

유토피아 힐링센터.

한여진은 석기의 안내로 제3 명상실로 들어섰다.

오늘이 석기가 한여진의 케어로 정한 기간의 마지막 날인 셈이었다. 2주를 케어 기간으로 잡았다. 13일 동안 제1 명상실과 제2 명상실을 이용했던 한여진에게 오늘 처음으로 제3 명상실을 오픈했다.

"오늘은 제3 명상실인가요?"

"네, 그렇습니다."

"정말 기대돼요! 헤헤!"

한여진이 해맑게 웃었다.

예전에 초고도 비만의 상태에서 웃는 일이 아예 없다시피 했지만, 확실히 몸매가 달라지곤 그녀에게서 웃음이 많아졌다.

"여진 양! 마지막 날이니만큼 편안하고 즐겁게 이용하세요."

"넵! 대표님!"

석기가 밖으로 나갔다.

가습기에서 연기가 흘러나왔다.

한여진은 실내의 중앙에 섰다.

그동안 열흘 동안 이용했던 힐링센터의 제1 명상실도 대단했지만, 사흘 동안 이용했던 제2 명상실은 그것보다 더욱 대단했다.

그런데 이번엔 제3 명상실이다.

제3 명상실은 딱 하루만 이용하게 된 셈이다.

실내를 살펴봤지만 인테리어 분위기는 앞서 경험했던 명상실과 별반 다를 것이 없었다.

'공기가 다르다.'

그러했다. 실내에 흐르는 공기가 앞서 거쳤던 명상실에 비해서 확연히 달랐다.

감히 말로 형언하기 어려울 정도로 신비로운 느낌을 자아냈다. 마지막 그림의 정점을 찍듯이, 이곳에서 그녀의 몸매가 완성될 것이라는 기대감에 가슴이 마구 설레었다.

'시작하자! 렛츠 고!'

한여진은 이곳에서도 앞서 명상실에서 했던 행동과 똑같이 행했다. 마음껏 노래를 부르고 신나게 춤을 추었다. 이런 멋진 곳을 한 시간만 이용할 수 있다는 것에 잠시라도 가만히 있을 수가 없어졌다.

'아아…….'

갈수록 몰아지경에 이른 한여진은 마치 허공을 나는 한 마리 새가 된 느낌마저 들었다.

몸이 너무 가벼웠다.

이대로 훨훨 어딘가로 날아갈 것만 같았기에 그녀는 호흡을 조절하면서 간신히 갈무리했다.

연기가 멈추었다.

한 시간이 어느새 다 흘러 버린 것이다.

"······끝났다."

한여진도 잘 알고 있다.

제3 명상실은 웬만해선 오픈하지 않는 곳임을.

그럼에도 한여진을 위해서 오픈해 준 것에 감사하게 생각했다.

한여진은 샤워실로 들어갔다.

정성껏 샤워를 하고 거울에 비친 모습을 확인하듯이 살펴봤다.

"흐으윽!"

한여진은 힐링센터를 방문하면서 살이 빠지는 과정을 직접 경험하면서 매일 감탄의 눈물을 흘렸지만, 이번의 눈물은 의미가 달랐다.

'너무 아름다워!'

한여진은 자신의 모습이 너무 아름다워서 저절로 눈물이 흘러나온 것이다.

세상에는 말로 설명할 수 없는 수많은 기현상이 있다지만 괴물과도 같은 자신의 몸을 이리 아름답게 변하게 만든 것만큼 신비로운 일도 없을 터였다.

탈의실에서 옷을 갈아입었다.

힐링센터를 이용하기 전까지만 해도 시중에 판매하는 옷들 중에서 맞는 옷이 없어서 맞춤복이 아니고선 입지 못했다.

하지만 시중에서 판매하는 가장 작은 사이즈의 의상이 한여진의 몸에 들어갔다.

살이 빠지면 가장 입고 싶었던 순백색의 나풀나풀한 원피스를 걸친 한여진이 휴게실로 나왔다.

여신처럼 너무도 아름답게 변한 한여진의 분위기에 휴게실에서 기다리고 있던 석기가 박수를 보내며 축하해 주었다.

"축하해요, 여진 양! 환골탈태를 한 경험이 어떤가요?"

"너무…… 감사합니다! 정말 너무 감사합니다!"

한여진은 석기를 향해 거듭 고맙다고 인사를 했다.

새로운 인생을 살게 해 준 고마운 석기는 그녀에게 있어서 평생 은인이나 마찬가지였다.

"신 대표님! 이 은혜 잊지 않겠습니다!"

"우리 딸! 너무 아름답구나!"

부친 한성후도 딸과 같은 마음이었기에 석기에게 진심을 담아서 감사 인사를 했다.

그동안 수많은 사람들의 무시와 조롱을 받았던 딸 한여진이 아름다운 천사처럼 달라진 것이다.

오늘은 한여진의 모친도 있었다.

그녀는 딸의 놀라운 변화에 감격에 겨워 눈물을 글썽거렸다. 애벌레가 드디어 예쁜 나비가 되었다.

"신 대표님! 저 유토피아엔터 소속 가수가 되고 싶어요! 저를 대표님 기획사에 영입해 주세요!"

석기를 향한 한여진의 눈빛이 별처럼 초롱초롱했다.

그동안은 괴물 같은 몸으로 인해 꿈을 죽였다.

하지만 이제 꿈이 살아났다.

석기가 한성후를 쳐다봤다.

MB방송국 사장인 한성후다.

연예인에 대해서 누구보다 잘 알고 있는 그가 과연 딸의 꿈에 대해서 어떻게 생각하고 있을지가 궁금했던 탓이다.

한성후 딸 한여진.

유토피아 힐링센터에서 2주 동안 케어를 받은 끝에 환골탈태라는 말이 실감날 정도로 그야말로 성공적인 변신을 하게 되었다.

한여진의 꿈은 가수.

하지만 그녀가 가수로 성공하기 위해선 여러 가지 요소가 중요하게 작용한다는 점이었다.

일단 외모.

한여진은 유토피아 힐링센터를 거친 덕분에 가수로 데뷔를 해도 무방한 정도에 이르렀다.

다음은 재능.

그동안 힐링센터의 명상실에서 한여진이 부른 노래와 춤을 죄다 녹화를 한 상태였다.

한여진의 변화를 체크하기 위한 목적으로 녹화를 한 상태였지만, 본의 아니게 녹화본은 한여진이 지닌 끼와 가수가 될 만한 자질을 검증한 셈이 되었다.

한여진의 열정.

타고난 재능도 중요하지만, 그것보단 꿈을 향해 얼마나 노력을 할 수 있는 지에 따라 스타가 될 수 있는지 아닌 지의 승패가 달려있다.

그런 점에서 한여진은 누구보다 가수가 되고 싶다는 강한 열정을 갖고 있었다. 포기했던 꿈을 다시 되찾게 된 만큼 죽을 각오로 덤벼들 터.

마지막으로 운.

MB방송국 사장이 아빠라는 것.

그것만으로도 한여진은 다른 연예인들에 비해선 대단한 운을 타고난 셈이긴 했다.

보통 가수 지망생들이 음악 방송에 한 번 나서기 위해서 수많은 관문을 거쳐야만 가능했다.

그런 점에서 한여진은 음악 방송 무대에 선다는 것이 다른 가수 지망생들에 비해선 한결 수월할 것은 당연한 사실이었다.

하지만 한여진은 미성년자.

유토피아엔터의 소속 가수가 되기 위해선 무엇보다 부모의 동의가 필요하다는 점이었다.

만일 부모가 반대한다면.

한여진이 아무리 가수가 되고 싶어 해도 꿈을 이루는 데 난관에 부딪힐 수밖에 없었다.

"아직 여진 양이 미성년자의 신분이니 유토피아엔터의 소속 연예인으로 활동하기 위해선 부모님의 동의가 필요한 일입니다. 한 사장님께선 여진 양이 가수가 되겠다는 것을 어떻게 생각하십니까?"

석기의 질문에 한성후가 전혀 망설임 없이 속내를 밝혔다.

"저는 우리 여진이가 원하는 것이라면 뭐든지 상관없습니다. 열심히 응원할 생각입니다."

그는 대한민국 3대 지상파 방송국의 한곳인 MB방송국 사장인 만큼 연예인의 속사정에 훤할 터. 그럼에도 한성후는 딸의 꿈을 응원해 주고 싶어 했다. 비록 딸이 가수로 성공하지 못할지라도 꿈을 꿀 수 있다는 자체만으로 행복하게 여기고 있음을 알 수 있었다.

"저도 남편과 같은 심정이에요. 그동안 꿈을 잊고 살았던 우리 여진이가 자기 입으로 가수가 되겠다는 말을 한다는 자체만으로도 너무 행복해요. 흐윽! 가수로 크게 성공하지 못한다고 해도 상관없어요. 아이가 밝아진 것만으로 감사하게 생각하고 있으니까요."

한여진 모친은 딸이 가수가 되고 싶다는 말을 꺼낸 순간부터 눈물로 글썽거린 분위기였다.

솔직히 석기는 한여진을 힐링센터에 초대한 것은 한성후와의 인맥을 쌓기 위한 일환에서 시도했고, 또한 유토피아엔터 소속 배우인 민예리가 서말숙 작가의 차기작 여주로 굳히기 위한 속셈도 내포되어 있었다.

그랬는데 뜻밖의 행운이 터졌다.

가수로 성공할 수 있는 막대한 잠재력을 타고난 한여진의 상태임을 알 수 있었다.

거기에 한여진 부친과 모친이 가수가 되고 싶다는 딸을 응원까지 해 주고 있는 상황이다.

이런 상황에 석기는 속으론 신이 났지만 겉으론 내색하지 않고 침착하게 응대했다.

"여진 양을 유토피아엔터 소속 가수로 결정하는 문제는 내일 정하도록 하죠. 제가 유토피아 총괄대표직을 맡고 있긴 하지만 저는 소속 연예인들의 영입문제는 기획사 식구들과 함께 결정하고 싶습니다. 참고로 현재 유토피아엔터의 소속 연예인들은 두 사람밖에 되지 않습니다. 한 사장님께서도 알고 계시겠지만 서 작가님의 차기작에 합류하기로 한 민예리 배우님과 다른 한 명은 가수 지망생입니다."

석기는 솔직하게 유토피아엔터의 사정을 한성후에게 밝혔다.

지금은 비록 두 명의 소속 연예인에 불과하지만 앞으로 대한민국에서 가장 잘나가는 기획사로 만들 작정이었기에 꿀릴 이유가 없었다.

"저는 오히려 좋아요! 유토피아엔터에 꼭 영입되고 싶어요! 가수로 멋지게 성공해서 대표님께 은혜를 갚고 싶어요!"

한여진은 오히려 인지도 높은 기획사보다 소속 연예인 숫자가 적은 유토피아엔터를 반기는 눈치였다.

그리고 가수로 반드시 성공하여 자신을 아름답게 변신시켜 준 석기에게 은혜를 갚겠다는 포부를 밝혔다.

"그럼 여진 양! 유토피아엔터에 소속되기를 원한다면 내일 사람들 앞에서 노래를 불러야 할 겁니다. 그래도 괜찮겠어요?"

"네! 괜찮아요!"

한여진이 씩씩하게 석기를 향해 인사를 했다.

처음에는 석기 얼굴도 제대로 마주하지도 못하고 속마음만 요란했던 한여진이었는데, 외모가 달라지니 사람을 대하는 기색도 자연스럽게 자신감이 넘쳐났다.

힐링센터의 성수.

그것의 영향일 수도 있었다.

❁

다음 날.

유토피아 건물 4층 녹음 스튜디오.

그곳에서 한여진의 영입 문제를 결정하기로 했다.

유토피아 총괄대표인 석기를 비롯하여 기획사 바지사장을 맡은 채현우, 소속 연예인 민예리와 정나우가 면접관으로 나섰다.

특히 민예리와 정나우는 유토피아엔터에 새로운 식구가 한 명 늘어날지도 모른다는 것에 설레는 기색이 역력했다.

"여진 양이 도착했습니다."

"들어오라고 하세요."

한여진이 녹음 스튜디오에 들어왔다. 뒤로 부친 한성후가 그녀의 보호자로 따라왔다.

석기는 한성후와 가볍게 눈인사를 나누고 나자 한여진을 데리고 무대로 나섰다.

"이쪽은 가수 지망생 한여진 양입니다. 여러분도 알고 있 겠지만 여진 양은 2주 동안 유토피아 힐링센터를 통해 피부 와 몸매관리를 케어받은 상태입니다. 한여진 양을 유토피아 엔터로 영입을 하는 것에 저는 여러분의 의견을 중시할 생각 입니다. 혹시 여러분이 한여진 양의 자질에 문제가 있다고 생각하여 영입하는 것이 아니라고 여긴다면 저는 그 뜻을 기 꺼이 받아들일 겁니다. 그럼 여진 양의 노래를 들어 보기 전 에 먼저 소개부터 하는 것이 좋겠군요."

늘씬한 청바지 차림새인 한여진.

확실하게 힐링센터의 효과를 본 덕분에 피부와 몸매가 최 상의 상태라고 봐도 좋았다.

거기에 모친을 닮은 덕분에 오밀조밀한 한여진의 이목구 비는 걸그룹의 센터를 차지해도 좋을 정도로 예쁘장했다.

그동안은 살에 파묻혀서 예쁘다는 느낌보다는 괴물처럼 보이는 분위기였지만, 살이 빠지고 피부까지 좋아지자 인물이 확 살아났다.

"저는 고등학교 2학년에 재학 중인 한여진이라고 합니다. 힐링센터에서 케어를 받기 전까지는 사실 저는 괴물과도 같은 모습이었습니다. 지금 제 말을 들어도 여러분은 잘 상상이 가지 않을 수도 있어요. 그만큼 진짜로 어마어마한 뚱땡이 괴물이었으니까요."

한여진이 힐링센터의 케어를 받기 전의 모습에 대해선 석기만이 알고 있었기에 채현우, 민예리, 정나우는 괴물처럼 뚱뚱했던 한여진 모습이 잘 상상이 가지 않을 수도 있었다.

잠시 과거의 생각에 격해진 호흡을 가다듬은 한여진이 다시 말을 이어 나갔다.

"초딩 시절 저는 가수가 되는 것이 꿈이었습니다. 그때는 몸이 정상적인 상태였으니까 나중에 커서 얼마든지 가수가 될 수 있다고 생각했거든요. 하지만 중학교에 올라와서 갑자기 괴물처럼 변해 버린 몸으로 인해 꿈을 포기하게 되었어요. 그리고 얼마 전까지만 해도 죽고 싶다는 생각만 들 정도였는데…… 힐링센터를 통해 이렇게 아름답게 변할 수 있게 되었고, 가수가 되고 싶다는 꿈도 다시 갖게 되었어요. 정말 멋진 가수가 되어 신석기 대표님께 꼭 은혜를 갚고 싶어요. 그럼 노래 시작하겠습니다."

한여진의 노래가 시작되었다.

그녀가 준비한 노래는 두 곡.

첫 번째 노래는 정나우의 허스키한 음색과는 정반대였다.

그녀의 목에 꿀이라도 발라놓은 듯이 너무나도 달콤하게 느껴지는 음색이었다.

솜사탕처럼 부드러워 녹아 버릴 것만 같은 느낌도 들었고, 살랑살랑 불어오는 봄바람처럼 심장이 간지러운 느낌도 들었다.

두 번째 준비한 노래.

앞서 부른 노래와는 전혀 달랐다.

처연하게 울먹거리는 음색이 사람의 심금을 후벼 팠다.

두 노래가 극과 극이었다.

그럼에도 굉장히 잘 소화를 하고 있다는 점이었고, 한여진 노래는 강한 흡입력이 있었다.

자연스럽게 그녀의 노래에 빠져들게 만드는 마력이 있었다.

두 번째 노래를 끝낸 한여진이 수줍게 고개를 숙여 인사를 했다.

와아아아! 짝짝짝짝!

요란한 박수세례가 쏟아졌다.

채현우, 민예리, 정나우의 입이 떡 벌어졌다.

사실 이들은 한여진의 노래를 듣기 전까지는 내색은 못 했지만 그녀가 MB방송국 한성후 사장의 딸이라는 것을 이용하여 유토피아엔터에 들어오려는 것이 아닐까 싶었기에 경계하는 마음도 없지 않았다.

그랬는데 그게 아니었다.

진짜 노래를 너무 잘 불렀다.

거기에 살짝살짝 보여 준 안무도 실력이 장난이 아니었다.

[차라리 정나우와 한여진을 묶어서 2인조 걸그룹을 만들어도 너무 잘 어울리겠어!]

채현우의 놀란 속마음이 들렸다.

[나우도 가창력이 상당히 뛰어난 편인데 저 아이도 장난이 아니네. 나우랑 여진이랑 나중에 서 작가님 차기작의 OST를 불러도 좋겠다.]

민예리의 속마음이 들렸다.

그녀는 한여진을 유토피아엔터의 소속 가수로 인정하는 분위기였다.

[대박이다! 음색이 극과 극이야. 어떻게 저 나이에 그렇게 한이 맺힌 노래를 부를 수가 있는 거지.]

가수 지망생 정나우의 속마음.

한여진의 지금 모습만 놓고, 그저 여리여리한 예쁜 아이라고만 생각했기에, 두 번째 부른 한이 서린 그녀의 음색에 뒤통수를 맞은 느낌도 없지 않았다.

[하아! 우리 여진이가 이토록 노래를 잘 부를 줄이야.]

한여진 부친 한성후.

그는 이곳에 모인 이들 중에서 한여진의 노래에 가장 놀란 사람이기도 했다.

초딩시절에는 한여진 노래를 자주 들어 봤지만, 딸이 중학생이 되고 나서 노래를 전혀 부르지 않았다.

대인기피증이 심해질수록 한여진은 사람들 시선을 끄는 일을 일절 하지 않았기에 말이다.

그랬던 딸이 가수가 되고 싶다는 것에 응원해 주기로 마음먹었지만, 솔직히 딸의 노래 실력은 거의 기대하지 않았다.

내심 이곳에 오면서도 딸이 유토피아엔터의 소속 가수로 받아들여지지 않을지도 모른다는 것에 나중에 좋지 않은 결과에 딸이 상처받을 것이 너무 걱정되었다.

그랬는데 딸 한여진이 한성후의 상상을 뛰어넘는 노래 실력을 보여 준 것이다.

"다들 여진 양의 노래를 잘 들었을 거라 생각합니다. 그럼 결과를 발표하죠. 저는 여진 양을 유토피아엔터의 소속 가수로 영입하고 싶은 생각입니다만, 혹시 반대하는 분이 있다면 손을 들어 주세요."

석기의 말에 누구도 손을 드는 이가 없었다.

모두가 한여진 노래를 인정했다는 의미였다.

하긴 이런 노래를 들었는데 한여진을 반대한다는 것은 청력에 문제가 있다고 보는 것도 좋았다.

"축하해요, 여진 양! 오늘부터 여진 양은 유토피아엔터 소속 가수가 되었습니다!"

와아아! 짝짝짝짝!

석기의 축하멘트에 모두가 한여진의 영입을 반기듯이 환호성을 지르며 박수를 보냈다.

이런 분위기에 감동한 한여진은 무대에서 내려와 부친 한성후를 부둥켜안고는 눈물을 글썽였다.

"아빠! 나 유토피아 가수로 영입되었어! 흐흑!"

한성후의 눈가도 붉어졌다. 석기에게 받은 은혜가 너무 컸다. 앞으로 그는 유토피아엔터를 적극적으로 밀어주기로 다짐했다.

❀

강남에 위치한 A사립고교.

여학생 하나가 교실로 들어섰다.

교복 모델을 해도 좋을 정도로, 감색 교복을 걸친 늘씬한 모습이 너무도 상큼하고 발랄해 보였다. 거기에 여학생 얼굴 피부는 잡티 하나 찾아볼 수 없을 정도로 깨끗했고, 피부의 상태는 마치 삶은 계란처럼 탱탱한 탄력마저 느껴졌다.

'저 애는 누구지?'

'대박! 개예쁘다!'

'우리 반에 저런 아이가 있었나?'

'저렇게 예쁜 애가 있는 걸 왜 몰랐지?'

먼저 등교를 한 학생들이 감탄한 눈빛으로 교실로 들어선 여학생을 쳐다봤다.

그런데 뜻밖에도 예쁘게 생긴 여학생이 향하는 자리는 바로 반에서 가장 못생기고 뚱뚱한 한여진 자리라는 점이었다.

'왜 저기에 앉는 거지?'

'뭐, 뭐야?'

'설마…… 저 애가 한여진?'

'그럴 리가 없어!'

여학생이 한여진 자리에 앉는 순간 학생들은 경악한 기색으로 입을 떡 벌리게 되었다.

유토피아 힐링센터.

한여진이 그곳에서 케어받은 기간은 2주였다.

케어에 집중하느라 처음 일주일은 드문드문 학교를 나왔

지만, 나머지 일주일은 통으로 결석했기에 한여진의 환골탈태를 모르고 있는 상태였다.

그러자 한여진 자리에 태연히 앉은 여학생 모습에, 그제야 학생들은 그녀가 바로 한여진이라는 것을 눈치채게 되었다.

"저 애가 진짜…… 한여진이라고?"

"마, 말도 안 돼!"

"어떻게 저 모습이 뚱땡이 괴물 한여진과 동일 인물이라는 거야!"

"저 애가 정말 한여진이 분명하다면 이건 환골탈태한 수준이네!"

"완전 예뻐! 개부럽다!"

"걸그룹 애들보다 더 예뻐!"

"와, 씨! 이게 실화 맞냐?"

"대체 무슨 시술을 받았기에 저렇게 달라진 거지?"

그때 소란스러운 학생들의 분위기에, 마침 막 교실 안으로 3인조 남학생이 들어왔다.

공부는 뒷전이고 남을 괴롭히는 것으로 스트레스를 푸는 아이들로, 한편으론 그동안 한여진을 가장 괴롭혔던 남학생들이기도 했다.

남학생들도 한여진을 발견했다.

뚱땡이 괴물로 알려진 한여진 자리에 앉은 여학생의 모습에 남학생들이 고개를 갸우뚱거렸다.

그러다 주변에 몰려든 학생들이 수군거리며 한여진을 언급하는 소리에 남학생들은 믿을 수가 없다는 듯이 눈동자가 화등잔만 해졌다.

'헉! 뚱땡이 괴물이 저렇게 예뻐졌다고?'

'저 정도면 우리 학교에서 얼짱 먹겠는데?'

'대박! 진수아보다 더 예쁘잖아!'

남학생들이 보기에도 학교에서 최고의 얼짱으로 알려진 진수아와 비교해도 전혀 뒤지지 않는 한여진의 엄청난 비주얼이었다.

그런데 한여진이 못생기고 뚱뚱할 때는 그녀를 조롱하며 못살게 굴던 남학생들이, 한여진이 여신처럼 아름답게 모습이 변하자 다들 얼굴이 벌게진 기색으로 멍하니 그녀를 바라만 보고 있을 뿐이었다.

그러던 바로 그때.

드르륵!

이번엔 여학생 두 명이 교실로 들어왔다.

진수아와 민주영.

교내에서 아주 유명인사인 두 여학생들이었는데, 둘 다 한여진과 같은 반이었다.

특히 교내 최고 얼짱인 진수아.

그녀의 등장에 학생들의 분위기가 어색해졌다.

지금까지는 교내에서 최고로 예쁘다고 알려진 진수아였지

만 한여진이 유토피아 힐링센터에서 케어를 받고 환골탈태한 덕분에 이제 우열을 가리기가 어려워졌으니 말이다.

'우씨이! 저년이 그 뚱땡이 괴물 한여진이라니?'

진수아는 묵묵히 학생들의 관심을 받고 있는 한여진을 쳐다봤지만. 민주영은 아름답게 변한 한여진이 못마땅했기에 잔뜩 인상이 찡그려진 상태였다.

예쁜 외모에 인성까지 좋은 편으로 알려진 진수아와는 달리, 민주영은 자신이 정한 기준에 미치지 못하는 학생들을 대놓고 무시하고 괴롭히길 좋아하는 안하무인격인 성격에 가까웠다.

참고로 민주영은 그동안 한여진이 유토피아 힐링센터에서 케어를 받게 되었다는 정보를 입수하긴 했지만, 뚱땡이 괴물이 달라져 봤자 얼마나 달라지겠느냐면서 속으로 비웃고 있었다.

'이익! 기분 나빠! 한여진 저것이 저렇게 예뻐지다니?'

참고로 민주영은 톱 엔터의 가수 지망생으로 영입된 상태였고, 아직 데뷔를 못하고 있지만 제법 인정을 받고 있는 상태였다.

사실 비주얼은 민주영보다 진수아가 빼어났지만 그녀는 연예인이 되는 것에 도통 관심이 없었기에 여러 기획사에서 스카우트 제의를 받았지만 모두 무시했다.

"아침부터 재수 없게 왜 길막하고 지랄들이야! 다들 자리로 꺼져!"

민주영은 역시 더러운 성격 답게 학생들의 관심을 끌고 있
는 한여진이 못마땅했기에 주변에 몰려든 학생들에게 트집
을 잡듯이 나왔다.

우르르-.

남학생 3인조가 잽싸게 정신을 수습하고 자기 자리로 돌
아갔고, 한여진 주변에 몰려든 다른 학생들도 마찬가지로 하
나둘 의자에 앉았다. 민주영에게 찍혔다간 여러모로 골치가
아팠기에 말이다.

하지만 민주영은 한여진 주변에서 학생들을 치운 것만으
로 만족하지 못했는지, 이번엔 한여진을 도발하듯이 그녀의
얼굴을 손가락으로 찔러 대며 말했다.

"야, 뚱땡이! 피부가 완전 예술이네? 근데 너 정말 한여진
맞아? 뚱뚱한 살들을 대체 어떻게 사라져 버리게 만든 거지?
이목구비도 다른 사람처럼 변해 버렸고."

민주영은 한여진의 달라진 외모를 인정하고 싶지 않았기
에 여전히 그녀를 뚱땡이 괴물 취급을 했다.

그런 민주영의 태도에 한여진이 얼굴에 닿은 상대의 손을
거칠게 쳐내며 응대했다.

"손 치워! 감히 너 따위가 함부로 만질 얼굴이 아니거든!"

"가, 감히 너 따위?"

"응! 감히 너 따위!"

한여진이 눈을 부릅떴다.

학교를 등교하기까지 속으로 걱정이 이만저만이 아니었지만 다시 태어난 인생이라 생각하자 더는 예전처럼 살아서는 안 된다고 여겼다.

게다가 한여진의 달라진 외모로 인하여 앞으로 민주영 같은 이들이 한둘이 아닐 터.

그럴 때마다 매번 위축된 모습으로 상대를 대할 수는 없었다.

외모가 변한 것처럼 그녀의 성격도 달라져야만 했다. 당당하게 맞서기로 했다.

"나 한여진 맞아! 유토피아 힐링센터의 케어를 받고 이렇게 살도 빠지고 예뻐지게 되었어!"

"그곳의 효과가 진짜였다고?"

민주영이 놀란 눈으로 한여진을 쳐다봤다.

"유토피아 힐링센터는 실화야! 그러니 그걸 믿든 안 믿든 그건 네 자유야. 그리고 이왕 말이 나왔으니 하는데. 주영이 너 톱 엔터 가수 지망생이지?"

"그, 그게 왜?"

"난 유토피아엔터 소속 가수야! 같은 가수의 꿈을 꾸는 입장이니 더는 나를 무시하지 않았으면 해! 정 나를 제치고 싶다면 치사하게 굴지 말고 정정당당하게 실력으로 승부를 보자고!"

"이게…… 진짜?"

민주영의 얼굴이 확 일그러졌다.

이제까지는 감히 그녀 앞에서 고개도 잘 들지 못했던 한여진이 자신에게 당당하게 이런 말을 선언한 것에 수치심마저 들었다.

"앞으로 누가 더 빨리 가수로 데뷔를 할지는 몰라도, 나 정말 열심히 할 거거든. 그러니 너도 긴장하는 것이 좋을 거야."

"하아! 너 같은 것이…… 가수? 이게 외모가 좀 달라졌다고 아주 기고만장해서. 정신이 가출했나?"

"내 정신은 아주 지극히 정상이니 걱정 마. 그리고 중요한 건 연예인은 비주얼이 반은 먹고 들어갈 텐데. 이제 외모는 내가 너보다 더 예쁘잖아. 안 그래?"

"이이익!"

분하지만 사실이었다.

민주영의 외모는 한여진의 상대가 되지 못했다.

성수로 제대로 케어를 받은 덕분에 한여진은 최상급 미모에 속했다.

"……!"

그러자 이런 상황에 진수아는 누구의 편도 들지 않고 묵묵히 침묵을 유지하고 있을 뿐이었다.

반 학생들도 마찬가지였다. 예전 같으면 민주영의 눈치를 보느라 그녀의 편을 들어주었겠지만, 한여진이 너무 세게 나오니 다들 꿀 먹은 벙어리처럼 입을 꾹 다물었다.

"씨바! 다들 비켜!"

결국 민주영이 씩씩거리며 주변 학생들에게 분풀이를 하듯이 소리를 냅다 지르고는 교실 밖으로 나가 버렸다.

"이거 민주영이 밀린 거 맞지?"

"와! 한여진도 보통내기 아닌데?"

"한여진, 유토피아엔터 가수래!"

"그럼 이제 TV에도 나오겠네?"

"하긴 저 정도 비주얼이면 가수를 해도 성공할 거야."

교실 안이 계속해서 술렁거렸다.

민주영과 한바탕 당당히 설전을 벌였던 한여진은 술렁거리는 분위기에도 전혀 동요하는 기색이 없었다.

'재미있네.'

진수아가 흥미롭다는 기색으로 책상에 책을 펴고 몰두하는 한여진을 잠시 바라보다가 고개를 돌렸다.

그런 진수아 귀로 계속해서 학생들의 떠드는 소리가 들려왔다.

"유토피아 힐링센터 소문 진짜인가 봐."

"나도 힐링센터에서 케어받고 싶다!"

"나도!"

"거기에 전화해서 우리도 케어해 달라고 할까?"

"미쳤어? 그런 곳에서 케어 받으려면 돈 엄청 깨질걸."

"돈이 없어도 유토피아엔터 소속 연예인이 되기만 하면 힐링센터에서 케어가 가능하다던데."

"그럼 우리도 유토피아엔터에 들어갈까?"

"킥킥! 꿈도 야무지지. 유토피아에서 미쳤다고 너희를 소속 연예인으로 영입을 해 주겠냐?"

"그럼 쟤는?"

"한여진 아빠는 방송국 사장이잖아. 아마 인맥으로 힐링센터에 초대를 받았을걸."

"그럼 한여진에게 말해서 우리도 그곳에 초대를 받게 해 달라고 부탁하면 어떨까?"

"쟤가 잘도 그렇게 해 주겠다. 킥킥!"

"근데 진수아가 힐링센터에서 케어를 받으면 어떻게 될까?"

"진수아가 케어받으면?"

"한여진 같은 괴물도 저렇게 예쁘게 만들어 주었는데 진수아는 세상에서 최고로 예쁜 여신처럼 만들어 줄 거 아냐?"

"하긴 진수아 얼굴이면 한여진보다 몇 배로 더 예뻐지겠지?"

학생들 말을 들은 진수아.

안 그래도 내심 궁금하게 여기던 부분이었기에 흥미가 일긴 했다.

'만일 내가 유토피아 힐링센터에서 케어를 받으면 어떻게 될까? 정말 한여진보다 더 예뻐질 수 있을까?'

진수아. 명성금융의 이사 딸로 부유한 집안 환경이었고, 머리도 똑똑해서 학교성적도 전교권에서 놀고 있다.

세상에 부족한 것이 전혀 없이 자란 진수아였지만 한여진의 환골탈태만큼은 솔직히 잘 적응되지 않았다.

❀

저녁이 되었다.

하교를 해서 집으로 돌아온 진수아는 저녁을 먹고 나자 회사에서 돌아온 부친 진태형에게 유토피아 힐링센터에 관한 얘기를 언급했다.

"아빠! 유토피아 힐링센터라고 들어 보셨어요?"

"응, 그곳에 대해 들어 봤지. 요즘 세간에서 화제던데."

"저희 반에 그곳에서 케어받은 아이가 있거든요. 아마 아빠도 알고 있을 거예요. MB방송국 한성후 사장님 딸이라고."

"한 사장의 딸이라면……."

진태형도 한성후의 딸 한여진에 대해 알고 있었다. 눈이 괴로울 정도로 엄청난 뚱보 괴물이었으니 말이다. 그에 비해 그의 딸 진수아는 그야말로 천사와도 같은 아이였다.

"그 애가 그곳의 케어를 받고 나서 다른 사람처럼 달라졌어요."

"달라져? 대체 어느 정도로 달라졌기에 그래?"

"환골탈태라는 말이 무색할 정도로요."

신중한 진수아 성격이었기에 좀처럼 흥분하는 경우가 없었지만, 지금 진수아 눈빛이 보석처럼 반짝이고 있었다.

"저도 그곳에서 케어를 받아 보고 싶은데 가능할까요?"

"그러니까 수아 네가 유토피아 힐링센터의 케어를 받아 보고 싶다 이거구나."

"네, 궁금해서요."

진수아는 진짜 궁금했다.

현재 그녀는 자신의 외모에 충분히 만족하고 있긴 했지만 호기심을 억누를 수가 없었다.

만일 유토피아 힐링센터의 케어를 받는다면 지금 모습보다 몇 배로 더 아름다워질 수 있을지 그것이 너무 궁금했던 것이다.

진수아 부친 진태형.

현금 부자로 통하던 명성금융의 이사들 중에서 가장 강한 권력을 지니고 있는 그였다.

유토피아 힐링센터에 대해 그도 들은 소문이 있긴 했지만 사랑하는 딸의 모처럼 부탁이었다.

슬하에 아들이 둘에 딸 하나였다.

특히 진수아는 외모도 뛰어나고 머리까지 총명해서 진태형이 매우 아끼는 자식이었다.

그런 딸아이가 웬일로 유토피아 힐링센터에 관심을 보인 것에 진태형은 아빠 노릇을 제대로 해 보기로 작정했다.

속으론 쉽게 생각했다.

아무리 유토피아 힐링센터에 대한 소문이 대단해도 그가 마음만 먹으면 못할 것이 없다고 생각했기에, 유토피아에 당장 연락만 하면 곧장 딸을 위해 그곳에서 스케줄을 잡아 줄 것이라 여겼다.

하지만 유토피아 대표 석기의 대답은.

-불가합니다!

포텐이 터지다

한편, 유토피아 대표실.

진태형과 통화를 끝낸 석기.

마침 퇴근을 함께 하고자 대표실을 찾아왔던 박창수가 표정이 좋지 않은 석기를 의아한 기색으로 쳐다봤다.

"누구랑 통화를 했는데 표정이 그래?"

"명성금융 이사 진태형."

"명성금융 이사가 무슨 일로 연락을 한 거지?"

"그쪽 딸을 우리 힐링센터에서 케어받게 해 달라고 해서, 안 된다고 단칼에 거절했지."

"잘했어! 완전 웃긴 사람이네! 근데 명성금융이면 명성 쪽 인물이잖아. 혹시 힐링센터에 대해 뭔가 캐 보려고 수작을 부리려는 거 아냐?"

"그건 아닌 듯싶어. 그냥 순수하게 딸 때문에 연락한 모양인데, 신경 쓸 필요 없어. 그만 나가자."

"알았어."

명성금융.

그곳은 과거에 정부와 손을 잡고 석기의 부모가 운영하던 천운그룹을 망하게 만든 곳이니, 석기에게 있어선 부모의 원수나 다름없는 기업이기도 했다.

그런 곳의 이사가 석기에게 연락해서 유토피아 힐링센터에서 자식을 케어받게 해 달라는 요청을 하자 속으론 어이가 없었다.

물론 진태형은 석기가 천운그룹의 혈육임을 까맣게 모르고 있을 테니 그리 당당하게 연락했을 것이다.

⊗

오피스텔로 돌아온 석기.

'블루.'

—네! 마스터!

'명성금융 이사 진태형의 딸에 대한 정보가 필요한데. 가능하겠어?'

—물론입니다.

석기는 실내에 혼자 있게 되자, 블루를 불러냈다.

블루문에 설정된 프로그램의 일부인 블루에 대해선 여전히 의문스러운 구석은 있었지만, 유토피아 사업이 커지고 있는 요즘 석기에게 커다란 힘이 되어 주고 있었다.

성수와 연관된 일 이외에도 블루는 석기를 마스터로 섬기게 되면서 이제는 인간계의 여러 가지 정보를 놀라울 정도로 빠르게 습득하고 있는 상태였던 것이다.

마치 석기 머릿속에 사람들이 모르는 비밀스러운 정보원을 두고 있는 기분이었다.

역시 기대했던 대로 블루는 금방 석기가 원하는 정보를 제공했다.

ㅡ진태형 딸의 이름은 진수아로 올해 18세입니다. 참고로 MB방송국 한성후 사장의 딸 한여진과 같은 반 여학생입니다.

'한여진과 같은 반 여학생?'

명성금융 이사 진태형이 갑자기 석기에게 전화를 건 이유가 밝혀졌다.

한여진과 같은 반인 진수아가 한여진의 환골탈태한 외모를 보고 부친 진태형에게 힐링센터에서 케어를 받게 해 달라고 말했던 모양이었다.

진수아 외모가 궁금해진 석기가 다시 블루에게 물었다.

'진수아 외모는 어때?'

ㅡ진수아의 모습을 영상으로 전달해 드릴 테니 확인하시죠.

'알았어.'

석기가 눈을 감았다.

마치 꿈속의 장면처럼 눈앞에 진수아 모습이 떠올랐다.

상당히 예쁜 여고생이었다.

초고도 비만으로 괴물과도 같은 모습이었던 한여진과는 비교할 수 없을 정도로, 진수아는 얼굴이며 몸매가 흠잡을 데가 전혀 없는 최상급 비주얼인 셈이었다.

─학교에서의 평판도 꽤 좋은 편입니다. 학교 성적도 최상위권을 유지하고 있고요.

'그런 아이가 뭐가 부족해서 힐링센터의 케어를 받기를 원했지?'

─어쩌면 호기심에서 기인한 것이 아닐까 싶습니다.

'호기심?'

─진수아는 자신의 외모에 충분히 만족하고 있습니다. 일부러 힐링센터의 케어를 받을 이유는 없을 테니 호기심 때문일 겁니다.

'설마 힐링센터에서 케어받으면 지금 상태에서 얼마나 더 달라질 수 있을지 그것이 궁금해서?'

─그렇다고 보시면 될 겁니다.

'재미있는 아이로군. 공부도 잘하고, 얼굴도 예쁘고, 거기에 성격까지 좋은 아이라니. 어쩌면 진태형이 내일 유토피아를 찾아올 수 있을지 모르겠군.'

─마스터와 통화 시에 나타난 진태형의 생체 활성화 반응으로 보아

진태형은 거절당하는 것에 익숙하지 못한 인간이 분명합니다. 마스터의 거절에 자존심에 크게 스크래치를 입었을 겁니다. 그러니 진태형 입장에 선 다시 마스터를 만나서 요청을 거부당한 이유에 대한 납득이 필요한 상황일 겁니다.

하긴 통화 시에 석기가 진태형의 요청을 단칼에 거절하자 잠시 할 말을 잊은 사람처럼 멍하니 굴다가 전화를 끊었다.

-진수아를 케어해 주실 겁니까?

'그럴 리가. 외모에 결함도 없고, 단순히 호기심을 충족시키기 위해서 힐링센터를 이용하려는 거라면 당연히 거절이지. 그리고 무엇보다 명성금융과 연관된 인물을 힐링센터의 효과를 보게 만들 수 없어.'

석기의 눈빛이 파랗게 번쩍였다.

유토피아 힐링센터는 석기가 원하는 이들이 아닐 경우 아무리 돈을 보따리로 싸들고 와도 절대 들이지 않을 작정이었다.

설령 상대가 공권력을 이용하여 강제로 힐링센터에 난입을 한다고 해도, 석기의 도움이 없이는 케어를 받지 못할 터.

명상실 성수를 조절하는 것.

그건 세상에서 석기만이 가능한 능력이었기에 말이다.

다음 날.

석기가 회사로 출근한지 얼마 되지 않아서 유토피아 대표
실로 중년 사내가 찾아왔다.

"대표님! 진태형이라는 손님이 찾아오셨습니다!"

"들어오라고 하세요."

비서가 나가고 뒤로 중후한 인상인 중년 사내가 대표실 안
으로 들어왔다.

척 보기에도 사내의 몸에 걸친 정장과 구두는 꽤 고가로
보였고, 풍기는 분위기를 봐도 회사에서 제법 대우를 받는
높은 직급에 속하는 인물임을 알 수 있었다.

[상당히 준수한 외모로군.]

한편, 석기를 살피듯 바라보던 진태형이 그의 준수한 외모
에 살짝 놀란 눈빛이었으나 이내 침착한 태도로 지갑에서 명
함을 꺼내 석기에게 건넸다.

"진태형입니다. 어제 유토피아 힐링센터에서 제 여식이
케어를 받는 문제로 전화를 드렸다가 거부당한 사람입니다."

솔직하게 어제의 일을 밝히는 진태형의 태도였지만, 거부
당하는 일에 대한 경험이 없는 사람임을 의미하듯이 말을 하
면서도 눈빛이 살짝 흔들리고 있었다.

블루의 정보를 통해 이미 알고 있긴 하지만 자존심이 강한
남자임을 다시 한 번 확인할 수 있었다.

"일단 앉으시죠."

석기는 진태형이 명성금융의 이사란 것에 마음에 들지는 않지만 찾아온 손님을 그냥 돌려보낼 수는 없었기에 소파에 앉도록 했다.

그런데 진태형이 소파에 앉기 전에 석기를 향해 사과를 했다.

"어제 제가 경우가 없이 행동한 것을 사과드리러 왔습니다."

"그렇다고 어제 거부한 일에 대해선 번복할 수 없습니다."

"그러시군요. 하지만 적어도 왜 요청을 거부당했는지 이유는 알 수 있지 않겠습니까?"

어제 진태형은 세상에 태어나서 처음으로 무력감이라는 것을 맛봤다.

이제까지 살아오면서 진태형은 누군가에게 자신이 원하는 요청을 꺼낼 경우 거절당하는 일이 없이 모두 승낙받다시피 했다.

그런데 어제는 그러지 못했다.

그것도 사랑하는 딸이 잔뜩 기대를 갖고 지켜보는 앞에서 단칼에 거절을 당한 것이니 내심 자존심도 상했고 충격도 컸다.

해서 그는 아침이 되자마자 회사로 출근하지 않고 이렇게 유토피아 대표실로 찾아온 것이다.

"제 딸 수아가 힐링센터에서 케어를 받지 못하는 이유가 무엇인지 알고 싶습니다."

진태형의 시선에 석기가 차분히 응대했다.

"저희 유토피아 힐링센터는 누군가의 호기심을 충족시키기 위한 공간이 아니란 점입니다. 그런 점에서 진 이사님의 따님은 외모에 문제가 없는 것으로 알고 있음에도 저희 힐링센터의 케어를 원했습니다. 그런 상황이니 거부를 하는 것은 당연한 현상입니다. 그리고 힐링센터의 초대는 제가 원하는 사람들로만 행할 생각입니다. 그러니 거부를 당하여 불쾌하게 여기신다해도 제 방침이 그러하니 따라 주시면 감사하겠습니다."

"……."

바늘하나 들어가지 않을 정도로 석기의 강단 어린 분위기에 진태형이 주먹을 꽉 거머쥐었다.

이곳까지 찾아오면서 딸 진수아에게 한 말이 있었다.

―아빠가 반드시 힐링센터에서 케어받게 해 줄게.

웬만해선 진태형에게 부탁 같은 건 하지 않던 진수아가 모처럼 아빠에게 부린 응석이었다.

그걸 꼭 들어주고 싶었다.

"혹시 신 대표님께선 저희 딸 수아와 같은 반의 학생인 한여진 양이라고 아십니까?"

"네! 잘 알고 있습니다! 저희 유토피아 힐링센터에서 케어를 받은 학생이니까요."

"그랬군요. 그 학생은 힐링센터에 초대받았는데 이유가 뭐죠?"

"한여진 학생의 간절함이 중요하게 작용했죠. 그리고 MB 방송국 한성후 사장님의 인맥이 필요해서이기도 하고요."

석기는 솔직하게 나왔다.

유토피아 힐링센터.

유토피아엔터 소속 연예인들의 케어를 위해 만든 곳이기도 했지만 사업을 하는 석기의 인맥 관리를 위한 용도로도 사용할 의도도 내포되어 있었기에.

"제 인맥은 필요하지 않습니까?"

진태형이 승부수를 던졌다.

딸 진수아의 부탁을 들어주기 위해 석기의 인맥이 되어 주겠다는 태도까지 보였지만, 석기는 진태형의 속내를 들여다보고 있었다.

[건방진 자식! 감히 새파란 애송이 주제에 내 앞에서 인맥을 들먹여? 겉으로 인맥이 되어 주는 척하면서 뒤로 딴 수작을 부려도 그걸 어떻게 알겠어!]

진태형 속마음에 석기는 속으로 씁쓸히 웃었다.

사람은 고쳐 쓸 수가 없다는 말은 진실인 모양이다.

겉과 속이 너무 달랐다.

뼛속까지 선민의식으로 가득한 진태형은 석기의 나이만 보고 그를 애송이로 얕잡아 보고 있었던 것이다.

이런 인간이 인맥이 되어 봤자 전혀 도움이 되지 않을 터.

"죄송하지만 명성금융의 이사님 인맥은 제가 원치 않는 것이라서 힐링센터의 케어는 불가합니다!"

결국 진태형은 건진 것이 하나도 없이 유토피아 대표실을 나와야만 했다.

❀

저녁 무렵.

유토피아 대표실로 이번엔 진수아가 찾아왔다.

"진수아라고 해요."

아리따운 여고생의 모습이다.

부친 진태형과 마찬가지로, 진수아 역시 고생 한번 안 해 보고 귀하게 자란 티가 역력했다.

진태형에게 거절당한 얘기를 들었을 텐데도 이렇게 혼자서 석기를 찾아온 걸로 보아선 진수아의 성격이 보통이 아님을 짐작할 수 있었다.

"너희 아버지께는 충분히 내 의사를 전달한 것으로 알고 있는데."

"알고 있어요. 저를 거부하셨다면서요?"

"그래, 그러니 그만 가 줄래?"

석기의 축객령에 진수아가 입술을 꼭 깨물었다.

"어떻게 해야 저를 힐링센터에서 케어받게 해 줄 수 있어요?"

"단지 아름다워지는 것이 목적이라면 너는 힐링센터의 케어가 필요 없어. 지금 상태만으로도 충분히 다른 학생들보다는 예쁜 외모니까."

"그럼 이러면 어떨까요? 제가 서말숙 작가님 드라마에 조연 배역 공개 채용 오디션에 통과한다면 유토피아엔터에서 받아 주는 거로 하시죠."

맹랑한 아이였다.

비주얼만 놓고 보면 배우를 해도 성공할 듯싶긴 했지만.

"배우가 되는 것이 꿈이니?"

"그건 아니에요."

"그런데 왜?"

"힐링센터를 꼭 이용해 보고 싶어서요."

진수아는 유토피아 힐링센터에 강한 집착을 보였다. 거부를 당할수록 더욱 흥미를 보인 것이다.

"배우가 되는 것이 꿈이 아니라면 억지로 배우가 될 필요는 없어. 그리고 설령 네가 서 작가님 작품의 조연으로 캐스팅이 된다고 해도 나는 너를 유토피아엔터에 영입할 마음이 전혀 없다는 점이야."

"그게 무슨 말이죠? 제가 조연으로 캐스팅된다 해도 영입하지 않겠다고요?"

"그래."

석기의 눈이 진수아 얼굴을 지그시 주시했다.

석기가 유토피아엔터의 소속 연예인으로 영입하는 조건 중에서 가장 중시하는 것이 바로 인성이었다.

"진수아! 넌 예전의 한여진을 어떻게 생각하지?"

"그건…… 그 아이 잘못이 아니죠. 여진이가 그런 모습을 한 것은 모두 유전자 때문이라고 들었어요. 물만 마셔도 살이 찌는 체질 말이죠. 그동안 외모로 고통을 겪은 여진이가 아름답게 변한 것을 진심으로 축하해요."

석기는 씁쓸히 웃었다.

다른 사람은 속여도 석기를 속일 수는 없었다.

사람의 속마음을 들을 수 있는 그였기에.

[한여진 같은 잉여 쓰레기도 고쳐서 가수로 영입해 놓고 나를 거부한다고? 너는 절대 그렇게 못할 거다.]

이제까지 자라 오면서 수많은 사람들에게 칭송받으며 자

라온 진수아였기에 그녀는 자신의 외모에 자신감이 넘쳐나다 못해서 오만하기까지 했다.

겉으로 보이는 진수아는 사람을 배려하는 착한 아이처럼 행동했기에 누구도 그녀의 썩은 속내를 알지 못했다.

"그만 이곳에서 꺼져 줄래?"

꽈악!

진수아의 주먹이 부르르 떨렸다.

처음에는 믿기지 않았다.

그녀의 요청이 거부당한 것이.

서말숙 작가의 드라마에 조연 배역에 캐스팅 된다면 유토피아엔터에 영입을 해 달라는 그녀의 요구가 석기 입장에서 오히려 환영할 제안이라고 여겼기에.

그런데 까였다.

사실 지금 그녀의 외모는 굳이 유토피아의 힐링센터의 케어를 받지 않아도 충분히 미소녀라는 소리를 들을 정도였지만, 뚱땡이 괴물이었던 한여진이 최상급 미모로 변신한 것에 질투가 났다.

학교 친구들 앞에선 내색하지 않았다.

지금까지 그렇게 행동해 왔기에.

하지만 괴물 한여진이 그녀와 동급 미모로 대접을 받고 있는 분위기가 너무 불쾌했다.

그래서 한여진에게 차별화를 느끼게 해 주고 싶었다.

똑같이 힐링센터에서 케어를 받아도 한여진은 절대 그녀의 외모와는 상대가 되지 않는다는 것을 모두에게 보란 듯이 보여 주고 싶었는데, 이렇게 면전에서 차갑게 까인 것이다.

[감히 나를 까? 괴물 같은 년은 잘도 받아들여 놓고.]

진수아는 납득이 되지 않았다.

부친 진태형이 아침에 유토피아 대표를 찾아와서 딸을 힐링센터에서 케어받도록 부탁했음에도 거절을 당했다.

그걸 알고도 진수아가 석기를 만나러 이곳을 온 것은 자신이 있었기 때문이었다.

그녀의 예쁜 얼굴은 무기였다.

그동안 사람들에게 그녀의 예쁜 얼굴을 보여 주기만 하면 다들 황송해서 어쩔 줄을 몰리며, 아무리 무리한 요구도 모두 들어주었다.

석기 역시 마찬가지로 생각했다.

절대 그녀 얼굴을 보면 함부로 그녀를 대하지 못할 것이라고 생각했다.

하지만 그건 그녀의 착각이었다.

부친 진태형과 마찬가지로 사람들에게 거절을 당하는 일이 익숙하지 않다 보니 진수아는 걷잡을 수 없이 분노가 치솟았지만, 간신히 감정을 자제한 채 석기를 뜨겁게 노려보며 입을 열었다.

"저를 깐 것을 후회하지 않겠어요?"

"너 같은 애들의 성향을 아주 잘 알고 있지."

"그게 무슨 말이죠?"

"남들 앞에서는 한없이 착하고 정의로운 사람처럼 보여야 했기에 행동거지와 발언에 가급적 조심하고 있지만, 속으론 사람들을 한껏 비웃고 있었을 거야. 그러니 한여진 양의 외모가 아름답게 변한 것에 질투가 나서 참기 어려웠을 거야. 그래서 호기심을 핑계로 나를 찾아왔던 거고. 안 그래?"

그동안 모든 사람들을 감쪽같이 속여 왔는데 석기에겐 그것이 통하지 않았다.

이곳에 와서도 긴장을 풀지 않고 착하게 굴었는데. 대체 어떻게 간파한 걸까.

얼굴이 붉어진 진수아가 그만 감정을 솔직하게 드러냈다.

"이이익! 나를 잡지 않은 것을 반드시 후회하게 만들어 줄 거예요!"

결국 자존심이 너덜너덜해진 진수아가 유토피아 대표실에서 씩씩거리며 사라지자, 기다렸다는 듯이 박창수가 들어왔다.

"방금 나간 애. 진태형 이사 딸 맞지?"

"맞아."

"얼굴이 상당히 예쁘던데."

"예쁘면 뭐해. 인성은 꽝이야."

"설마 그 학생도 유토피아 힐링센터가 목적이었어?"

"그래."

"그 정도면 충분한 거 아닌가?"

박창수의 말에 석기가 씁쓸히 웃으며 대꾸를 흘렸다.

"사람 욕심이 어디 끝이 있겠어? 한여진 양의 외모가 변한 것을 보고 자극받았는지 서 작가님 드라마에 조연 배역을 따낼 테니 유토피아에서 영입해 달라고 하더라고."

"호오? 거 맹랑한 아이네?"

"그러게 말이다. 그 정도의 얼굴에 연기력만 웬만큼 받쳐 주면 불가능한 것도 아니긴 하지만, 연예계 바닥에서 성공하기엔 너무 곱게 자란 것이 문제야."

"그래도 성깔은 꽤 있어 보이던데, 가면서 뭐라고 안 해?"

"유토피아에서 자신을 받아 주지 않는 것을 후회하게 만들어 주겠다고 하더구나."

"후회하게 만들어 주겠다고? 어떤 식으로?"

잠시 생각에 잠겼던 석기가 다시 대화를 이어 나갔다.

"그 애는 자신의 예쁜 외모를 이용하여 그동안 사람들을 자기 입맛대로 굴려 왔을 거야. 그것이 습관이 되었을 거고. 하여간 유토피아 영입에 거절당했으니 서 작가님 드라마는 관심 없을 테고. 어쩌면 KB방송국 차정화 작가의 드라마도 조연 배역을 공개 채용 오디션으로 선발하겠다고 했으니 그걸 노릴 수도 있겠군."

박창수가 혀를 찼다.

"쯧쯧! 요즘 고딩들 참 무섭단 말이지. 그 애. 설마 연기력까지 뛰어나지는 않겠지?"

"그건 나도 모르지만 그동안 속내를 사람들에게 감쪽같이 숨긴 것을 보면 연기력이 아주 꽝인 것만은 아닐 거야."

"이러다가 그 애 정말로 배우로 성공하는 거 아냐? 아빠가 명성금융의 이사이니 배우가 되겠다고 한다면 적극적으로 지원을 해 줄 것은 당연하고. 명성엔터에서도 비주얼이 뛰어난 아이를 배우로 영입하게 된다면 아주 잘되었다고 환영할 테니 말이지."

"그렇다면 우리도 진수아와 맞설 상대를 유토피아엔터에 영입해야겠군."

서말숙 작가와 차정화 작가.

같은 시간대에 편성된 두 사람의 드라마이기도 했지만, 똑같이 조연 배역이 차지하는 비중이 크다 보니 양쪽 모두 괜찮은 배우를 선발하기 위해서 공개 채용 오디션을 내건 상황이었다.

진수아가 석기를 찾아왔을 때는 유토피아엔터에 영입되고자 서말숙 작가의 드라마를 염두에 두었겠지만, 석기에게 차갑게 거절을 당한 상황이니 이젠 차정화 작가의 드라마로 돌아섰을 확률이 높았다.

비주얼이 워낙 뛰어난 진수아였고 거기에 만일 연기력까지 갖춘다면 그녀가 차정화 작품의 조연 배역에 출연한다면 시청자들의 눈길을 끌게 될 것은 당연했다.

"진수아의 비주얼을 능가하는 아이를 발굴하는 것이 쉬운 일은 아닐 텐데. 한여진 양의 외모라면 모를까."

"한여진 양?"

"물론 한여진 양은 가수가 꿈이니 드라마에 출연시키는 것은 어려운 일이겠지만."

"가만, 가수가 꿈이라도 해도 드라마에 출연한다는 것이 문제가 될 이유는 없지. 만일 한여진 양이 연기력만 된다면."

"그게 무슨 소리야? 설마 한여진 양을 드라마의 조연 배역을 맡게 하려고?"

"조연 배역 공개 채용 오디션을 통과한다면 드라마에 출연하는 것도 불가능한 일은 아니지 않을까?"

"오디션을 통과한다면 그렇긴 하겠지만…… 배우를 한여진 양이 하려고 할까?"

"한번 얘기는 꺼내 보지, 뭐. 어차피 가수가 되기 전에 매스컴에 얼굴을 먼저 선보이는 것도 나쁘지 않은 방법이긴 해. 게다가 서 작가님 작품에 등장하는 조연 배역의 캐릭터가 가수 지망생이라는 설정이니 뭔가 딱 어울리기도 하고."

"어어? 듣고 보니 정말 그렇네."

"나중에 한여진 양이 부른 노래로 드라마 OST로 써도 좋으니, 이건 한여진 양에게도 좋은 기회라고 생각해."

진수아로 인하여 본의 아니게 한여진을 서말숙 작가의 드라마에 출연시키는 문제로 발전했다.

물론 한여진과 상의는 필요했다.

가수가 꿈인 한여진이었기에 드라마에 출연하는 것을 거부한다면 억지로 강요할 생각은 없었다.

"한여진 양에게 전화를 걸어서 의사를 먼저 물어보는 것이 좋겠다."

"그럼 전화로 물어볼 것이 아니라 직접 만나서 얘기를 하는 것도 괜찮겠다. 아무래도 드라마 얘기를 꺼내려면 진수아에 대한 얘기를 꺼내야 할 테니까."

"하긴 진수아와 같은 반이니 한여진 양의 각오도 필요하겠군. 지금까지는 진수아가 대놓고 본심을 드러내지 않았겠지만, 만일 진수아가 차정화 작가의 드라마에 출연하게 되면 그때는 정말 한여진을 괴롭힐 수도 있을 거야."

서말숙 작가와 차정화 작가의 조연 배역 공개 채용 오디션이 바로 다음 주에 있었다.

그것도 양쪽 오디션 날짜가 같은 날이라는 점.

누구든지 둘 중 하나를 선택하라는 의미일 터.

만일 진수아가 차정화 작가를 택하고, 한여진은 서말숙 작가의 작품을 택하게 된다면, 둘은 자연스럽게 라이벌 구도가 성립될 것이다.

"한여진 양이 진수아를 감당할 수 있을까?"

"길고 짧은 것은 대보면 알겠지."

석기는 한여진을 응원하기로 했다.

어렵게 새로운 인생을 손에 넣은 아이였다.

진수아로 인해 인생을 망치게 둘 수 없었다.

❀

한성후 집.

응접실에 모인 한성후 가족과 석기와 박창수였다.

석기는 한성후 가족에게 유토피아엔터에 명성금융 진태형을 비롯하여 진수아가 찾아왔던 것을 사실대로 밝혔고, 한성후 집을 찾아온 본 목적도 밝혔다.

"그러니까 신 대표님은 우리 여진이를 서 작가의 조연 배역 공개 채용 오디션을 보게 했으면 한다고요?"

"그렇습니다만, 만일 여진 양이 원치 않는다면 강제로 오디션을 보게 할 생각은 없습니다. 여진 양 생각은 어때요?"

석기의 질문에 한여진이 양 주먹을 꼭 움켜쥐었다.

그녀는 석기가 진수아의 요청을 거부했다는 것을 듣고 속으로 크게 기뻤다.

같은 반 아이였던 진수아.

겉으로는 누구보다 착한 사람처럼 굴고 있지만 그녀의 위선을 잘 알고 있었던 탓이다.

차라리 그런 면에서 톱 엔터 소속 가수 지망생인 진수아 절친 민주영이 훨씬 솔직했다.

진수아와는 달리 민주영은 있는 자리에서 싫으면 싫다는 티를 솔직하게 표현했기에 적어도 가식은 떨지 않았으니 말이다.

"저 도전 해 볼래요!"

한여진의 대답에 한성후가 걱정스레 딸을 쳐다봤다.

"가수가 되고 싶다면서 괜찮겠어?"

"오디션에 통과할 수 있을지 장담은 못하지만…… 꼭 드라마에 출연하고 싶어졌어요."

예전 같으면 감히 학교에서 최고 얼짱으로 알려진 진수아를 상대할 생각은 꿈도 꿔보지 못한 일이었지만, 힐링센터의 케어를 받고 나서 외모가 달라진 지금은 얼마든지 도전해 볼 수가 있었다.

석기를 위해서도.

꼭 조연 배역을 따내고 싶었다.

연기?

뚱땡이 괴물 같은 모습으로 지낼 당시에 괴로움을 잊고자 그녀가 즐겨 했던 놀이가 있었다.

바로 다른 사람이 되는 놀이였다.

때론 학교에서 최고로 잘나가는 인기 있는 학생이 되어 보기도 했고, 무대에 선 아이돌이 되어 보기도 했다.

다른 사람이 된 놀이에 심취한 순간에는 괴물 같은 모습에서 벗어날 수 있었기에 행복했다.

그것이 바로 연기였다는 것을.

그동안 남몰래 숨어서 즐겼던 놀이를 이제는 남들이 보는 앞에서도 해도 된다는 것이 달라졌을 뿐이었다.

❊

한편, 진수아 집.

석기에게 차갑게 거절당하고 유토피아를 떠나 집으로 돌아온 진수아는 부친 진태형의 방으로 들어와 선포를 하다시피 했다.

"아빠! 저 배우 할 거예요!"

"그, 그게 무슨 말이야? 배우라니? 너 한국대 의대 들어가기로 한 거 아니었어?"

"아뇨! 의사 대신에 배우로 진로를 바꿀 거예요."

"이유가 대체 뭐야?"

"자존심이 상해서 도저히 살 수가 없어요! 저를 거부한 유토피아에 빅 엿을 먹여 주고 싶어요!"

"유토피아? 수아 너, 혹시 거기 찾아갔니?"

"네! 찾아가서 서말숙 작가 공개 채용 오디션에서 조연 배역을 따낼 테니 유토피아엔터에 영입해 달라고 했어요. 근데 거절당했어요."

"하아!"

진태형은 벌게진 얼굴로 진수아를 당황하여 쳐다봤다.

"제 얼굴을 보여 주면 허락할 것이라 생각했거든요. 근데 씨알도 먹히지 않더라고요. 이제까지 살아오면서 이런 모욕감은 처음이에요. 저 절대 오늘 일 잊지 못해요. 아빠가 뭐라고 해도 저 배우로 꼭 성공해서 유토피아 대표의 콧대를 납작하게 만들어 주고 말 거예요!"

분노로 이글거리는 진수아의 눈빛에 진태형은 거머쥔 주먹을 부르르 떨어 댔다.

지금 딸의 심정이 어떠할지 익히 짐작이 가고도 남았기에.

"아빠! 저 KB방송국 차정화 작가의 드라마 조연 배역 오디션을 볼 생각이에요."

"그럼 명성엔터의 소속 연예인으로 참가하는 것이 좋겠구나."

"명성엔터요?"

"차 작가의 드라마를 명성에서 제작하기로 했으니까 명성엔터 배우가 되면 쉽게 조연 배역을 따낼 수 있을 거야."

진태형의 눈에서 불꽃이 일렁였다.

감히 자신의 딸인 진수아의 요청을 거부한 유토피아 대표 석기에게 복수를 다짐했다.

진태형은 차정화 작가의 조연 배역을 쉽게 따내는 방법을 알고 있었다.

명성금융의 이사란 직함.

그걸 이용하여 딸이 차정화 작가의 조연 배역을 차지하게 만들 작정이었다.

※

다음 날.

명성금융 이사 진태형.

그는 딸 진수아를 명성엔터에 영입시키기 위해서 명성미디어 회장 오장환을 만났다.

진태형의 정확한 속셈은 진수아를 KB방송국 차정화 작가의 드라마에 조연 배역에 꽂아 넣기 위해서였다.

"진 이사님께 저희 명성미디어에는 어인 일이시죠?"

"인사가 늦었습니다. 명성미디어의 출범을 축하드립니다."

오장환은 한 기업의 회장이었고 진태형은 이사에 불과한 직급이었지만, 오장환은 진태형이 명성금융의 인물이란 점에 함부로 대할 수가 없었다.

게다가 진태형은 명성금융 총수 주현문의 오른팔이라고 보면 되었기에 은근히 그의 방문이 신경이 쓰이기까지 했다.

"돌려 말하지 않겠습니다. 제가 이곳을 찾아온 이유는 제 여식 문제로 인해서입니다."

"수아 양에게 무슨 문제라도 생긴 건가요?"

오장환도 진태형 딸 진수아에 대해 잘 알고 있었다.

아직은 고등학생이지만 얼굴도 예쁘고 두뇌도 총명해서 재력가들 집안에서 최고의 며느릿감으로 손꼽히고 있는 아이였던 탓이다.

만일 오세라가 여식이 아니라 사내아이였다면 오장환도 진수아에 관심을 기울였을지도 몰랐다.

"녀석이 갑자기 뜬금없이 배우가 되겠다고 하네요."

"배, 배우요?"

오장환이 놀란 눈으로 진태형을 쳐다봤다.

솔직히 진수아의 비주얼만 놓고 보면 연예인을 해도 무방할 정도로 빼어나긴 했지만, 있는 집안에선 대부분 자식이 연예인이 된다는 것을 반기지 않았기에 말이다.

"물론 저도 처음엔 반대했지만 녀석이 워낙 완강하게 나와서 고집을 꺾을 수가 없었습니다. 해서 이왕 녀석이 배우가 되려면 다른 곳보다는 명성엔터에서 시작하는 것이 좋겠다고 생각하여 이리 찾아오게 되었습니다."

진태형의 말이 끝나자 오장환의 입가에 흡족한 미소가 머물렀다.

진수아같이 최상의 비주얼인 아이가 명성엔터에 들어온다

면 당연히 환영이었다.

"아주 잘 오셨습니다! 사실 안 그래도 KB방송국 차정화 작가의 드라마에 조연 배역을 놓고 걱정이 많았는데 진 이사님 덕분에 한시름 덜게 되었습니다."

진태형이 솔직하게 속을 보이자 오장환도 상대의 환심을 사고자 나왔다.

한편으론 이건 명성금융의 총수 주현문의 오른팔인 진태형과 친분을 좋게 유지할 수 있는 절호의 기회였다.

그랬기에 차정화 작가의 드라마 조연 배역만이 아니라 더한 것도 진태형이 원하면 얼마든지 해 줄 수 있었다.

"오 회장님께서 이리 시원하게 나오시니 저도 기분 좋군요. 그럼 차 작가의 조연 배역은 우리 수아가 차지하는 걸로 알고 돌아가면 되겠습니까?"

"물론입니다! 마음 같아선 여주 배역을 수아 양에게 안기고 싶지만 여주는 연령대가 걸려서 말이죠. 하하하!"

"모쪼록 부족한 여식이지만 잘 부탁드립니다!"

"염려 마십시오! 수아 양을 명성엔터 간판스타가 될 수 있도록 지원을 아끼지 않을 겁니다!"

두 사람이 웃으며 악수를 나눴다.

진수아는 부친 진태형 덕분에 명성엔터 오디션을 거칠 필요 없이 명성엔터에 영입이 되었고, KB방송국에서 편성될 차정화 작가의 드라마도 비록 공개 채용 오디션을 거치긴 해도 이미 내정자로 확정된 상황이 된 것이나 진배없었다.

"남 실장! 진 이사가 왜 여식을 연예인으로 만들고자 했는지 이유를 알아봐."

"알겠습니다."

오장환은 진태형이 돌아가자 비서실장 남기택을 불러서 진태형의 여식인 진수아에 대한 조사를 하도록 지시했다.

비록 진수아가 명성엔터의 배우가 되긴 했지만 진태형이 여식을 연예인으로 만들려는 이유가 궁금했던 탓이다.

특히 차정화 작가의 조연 배역을 원한 것을 보면 오장환이 모르는 뭔가 숨겨진 내막이 있을 것이라 여겼다.

똑똑!

잠시 후. 남기택이 회장실로 다시 돌아왔다.

명성 정보팀을 이용한 덕분에 그는 금방 오장환이 원하는 정보를 알아내 가지고 왔다.

"진 이사가 어제 아침에 유토피아 신 대표를 만나기 위해서 그곳을 방문했다고 합니다."

진태형이 유토피아를 방문했다는 것은 전혀 예상에 없던 일이기도 했고, 갑자기 원수 같은 유토피아 얘기가 튀어나오자 오장환은 자신도 모르게 표정이 찌푸려지고 말았다.

"진 이사가 유토피아를 왜 방문했던 거지?"

"수아 양 때문입니다."

"그게 무슨 말인가? 수아 양 때문에 그곳을 방문했다니?"

"참고로 수아 양은 MB방송국 한성후 사장의 딸 한여진 양과 같은 반입니다. 한여진 양이 힐링센터를 통해 환골탈태한 것에 수아 양이 그곳에 호기심을 갖게 되어 진 이사에게 졸라댄 모양입니다. 해서 진 이사는 신 대표를 만나 수아 양을 위해서 힐링센터에서 케어를 받게 해 달라고 부탁했던 모양인데 차갑게 거절당했나 봅니다."

"하긴 신석기 그놈이 명성금융의 인물인 진 이사의 요청을 받아 주었을 리는 없지. 하지만 그렇다고 수아 양을 배우로 만들 생각을 하다니 그건 좀 의외야."

오장환의 의문에 남기택이 교활한 표정으로 다시 얘기를 이어 갔다.

"수아 양이 배우가 되려는 것은 진 이사의 생각은 절대 아닙니다. 어제 수아 양은 진 이사가 유토피아 신 대표에게 거절을 당하고 나자, 그것을 참지 못하고 저녁에 수아 양이 진 이사 몰래 유토피아를 직접 방문했던 모양입니다."

"뭐라고? 수아 양이 신석기 그놈을 직접 만났다고?"

"딴엔 자신이 있다고 생각해서 그런 행동을 한 모양인데, 문제는 수아 양 역시 진 이사와 마찬가지로 신 대표에게 거절을 당한 것으로 압니다. 그래서 그것에 대한 분풀이로 수아 양은 차정화 작가의 드라마를 노리게 된 것이 아닐까 싶습니다."

"유토피아 신석기 그놈을 엿 먹이기 위해서 말인가?"

"그렇지 않고선 수아 양이 배우를 하려는 것이 납득이 되지 않습니다."

오장환 눈빛이 반짝였다.

남기택 얘기를 모두 듣고 나자 의문이 풀리긴 했다. 진태형처럼 보수적인 인간이, 그것도 애지중지하는 딸 진수아를 명성엔터의 배우로 지지하고 있는 것은 바로 유토피아 대표 석기가 관여가 된 것임을. 부녀는 석기에게 받은 모욕을 반드시 갚아주고 싶었을 것이다. 그걸 보면 결국 힐링센터가 문제이긴 했지만. 하여간 석기를 증오하는 인물이 늘어난 것에 기분은 아주 좋았다.

"한 사장의 딸 한여진이 수아 양과 같은 반이라고 했지?"

"네! 그렇습니다!"

"이거 왠지 재미있는 그림이 예상되는군."

오장환의 눈빛이 교활하게 반들거렸다.

한성후 사장의 딸 한여진.

진태형과 진수아가 유토피아 석기를 만난 것은, 결국 뚱땡이 괴물이었던 한여진의 변화로 인해서였다.

"회장님께선 한 사장의 딸과 수아 양이 양쪽 드라마로 경쟁을 하게 될 것이라 보는군요."

"분명 그렇게 될 거야."

"하지만 수아 양은 몰라도 한 사장 딸이 서 작가의 드라마 조연 배역을 차지할 수 있을까 싶네요."

"신석기 그놈 아주 영악한 놈이야. 최상급 비주얼인 진수 아를 차갑게 내친 놈이야. 그건 한여진이 있기 때문이지. 하여간 두고 보면 알겠지만 나는 한여진이 서 작가의 조연 배역을 차지할 것이라고 봐. 그렇게 되어야만 경쟁이 더욱 재미있어 질 테니까."

오장환이 야비하게 웃었다.

서말숙 작가와 차정화 작가.

두 사람의 드라마 경쟁이 조연 배역으로까지 번지게 된 것에 흥미가 일었다.

❀

A사립고교.

학교에 등교한 민주영이 먼저 온 진수아를 발견하곤 반색하듯이 그녀 자리로 다가왔다. 어제 진수아와 통화를 나눈 민주영은 직접 만나서 확인하고 싶은 내용이 있었기에 눈빛을 반짝이며 진수아에게 물었다.

"수아야! 너 명성엔터 소속 배우가 된 거 진짜야?"

"응."

"너 연예인 극혐했잖아!"

"하긴 극혐했지. 근데 생각해 봤는데 배우가 되는 것도 재미있을 것 같더라고."

"그럼 오디션도 보겠네?"

"그럴 생각이야."

민주영이 진수아를 위해서 알고 있는 오디션 정보를 풀었다.

"잘되었다. 마침 다음주에 MB방송국과 KB방송국 양쪽이 모두 조연 배역 공개 채용 오디션이 있던데 거기에 지원해 보지 그래? 수아 너라면 뽑힐 텐데."

"안 그래도 지원서 냈어."

"그래? 어디 오디션 볼 건데?"

"KB방송국 오디션 보려고."

"드라마는 MB방송국이 더 알아주지 않나?"

"차정화 작가님 작품이 내 취향에 더 맞더라고. 그래서 KB방송국 오디션을 보기로 했어."

"히히! 실은 나 MB방송국 오디션 보려고 지원서 냈거든. 수아 너도 그곳에 냈다면 포기하려고 했는데 다행이다."

"너 가수 한다고 하지 않았어? 근데 웬 드라마 오디션?"

"MB방송국 조연 배역이 극중에서 가수 지망생 역할이라 괜찮아 보여서 지원한 거야."

"흐음. 극중 역할이 가수 지망생?"

"노래 부르는 장면이 많아서 나 잘할 수 있을 것 같거든. 우리 둘 다 오디션 통과하면 진짜 완전 대박일 텐데. 그치?"

"……그러게."

민주영의 말에 건성으로 대답한 진수아. 그녀는 아직 등교하지 않은 한여진 자리 쪽을 슬쩍 쳐다보며 말했다.

"한여진도 오디션 보려나?"

"한여진? 걔가 왜?"

"걔도 가수가 꿈이라며. 이제 얼굴도 예뻐졌으니 오디션 욕심낼 것 같은데. 안 그래?"

"그렇긴 하지만…… 한여진은 오디션 같은 거 안 볼걸. 걔 대인기피증 있을 거야. 그런 애가 어떻게 연기를 해?"

"그래도 혹시 모르지."

그렇게 두 사람이 얘기를 나누던 찰나, 마침 한여진이 등교를 했다.

한여진을 발견한 민주영은 진수아의 말이 마음에 걸려서인지 얼굴 표정이 일그러졌다.

그런 민주영을 진수아가 재촉하듯이 말했다.

"한여진 왔으니 가서 직접 물어보든가."

"아, 알았어."

민주영이 한여진 자리로 이동하자, 진수아는 눈빛을 빛내며 둘이 나눌 얘기에 관심을 갖고 지켜보게 되었다.

"야! 뚱땡이! 너 MB방송국 오디션 지원한 거 아니지?"

민주영의 도발에도 한여진이 태연히 대꾸를 흘렸다.

"지원했어."

"뭐? 오디션을 지원했다고?"

"그래."

"뭐, 뭐라고? 진짜 지원했어?"

"귀 먹었어? 지원했다고."

"이이익!"

민주영이 분하다는 기색으로 한여진의 얼굴을 노려봤다.

예전이라면 뚱땡이 괴물의 상태였기에 감히 민주영과 비교할 수가 없었지만 이제는 민주영보다 더욱 비주얼이 뛰어났다.

비주얼만 놓고 보면 민주영이 불리했다.

'한여진이랑 똑같이 오디션을 보면 내가 불리할 수도 있어. 씨이, 배역이 정말 마음에 들어서 오디션에 꼭 붙고 싶었는데.'

민주영이 함께 오디션을 보면 안 되겠다 싶었던지 한여진을 공격하듯이 나왔다.

"야! 너 연기도 못 하잖아! 그러니 오디션 참가하지 마!"

"싫어."

"씨바! 너 노래도 못하잖아!"

"너보다는 나을걸."

"뭐, 뭐라고?"

"그러니 그만 관심 꺼. 내가 오디션에 나가든 말든 네가 뭔 상관이라고."

"하, 이년이……!"

민주영이 이를 빠득 갈아 댔다.

한여진은 외모가 달라지고 나서 사람이 완전 다른 사람처럼 달라졌지만, 한여진이 노래를 부르는 것을 한 번도 들어 본 적이 없었다.

반면, 민주영은 성격은 지랄 같아도 반에서 노래를 꽤 잘 부르는 아이로 통했다.

"야! 그럼 노래 대결 해서 정하자!"

"노래 대결?"

"둘 다 똑같은 오디션에 나갈 필요는 없잖아!"

"나는 상관없다니까."

"그, 그래도 대표로 한 명이 나가는 것이 좋겠어! 마침 1교시가 음악 시간이니 우리 둘이 노래 대결을 해서 박수를 덜 받은 사람은 오디션 포기하는 거로 하자! 자신 없음 지금 당장 오디션 포기하고!"

"그래, 노래 대결 하자."

"약속 꼭 지켜! 지는 사람이 오디션 포기하는 거다!"

민주영은 기어코 한여진에게 노래 대결을 하는 것을 받아 냈다. 반 아이들은 갑작스러운 두 사람의 노래 대결에 술렁거리며 관심을 표했고, 진수아는 민주영과의 대화에 한 치도 위축되지 않고 꼬박꼬박 할 말을 다 하는 한여진 태도가 거슬렸기에 어딘지 불쾌한 기색처럼도 보였다.

야신에
룩혀버렸더니

1교시 음악 시간.

　　학생들의 요청에 음악 교사는 한여진과 민주영의 노래 대결을 허락했다.

　　A사립고교 음악실.

　　음악 교사 채숙향은 오늘 수업 대신 노래 대결에 임할 민주영과 한여진을 음악실 무대로 불러냈다.

　　"민주영! 한여진! 두 사람 앞으로 나와 봐!"

　　음악 교사의 호명에 객석에 앉아 있던 민주영과 한여진이 음악실 무대로 걸어 나왔다.

　　남학생들은 예쁜 여학생 둘이 무대에 나란히 서자 시끄럽게 술렁거렸다.

　　학생들은 과연 누가 노래 대결에서 승자가 될지 점심시간 빵 내기를 걸기까지 했다.

　　"난 민주영!"

　　"나도 민주영!"

　　"외모는 한여진이 더 예쁘지만 노래는 민주영이 이길 거야!"

　　학생들 거의가 민주영을 택했다.

　　민주영은 고등학교 입학 당시부터 톱엔터 소속이었던 데다가 그동안 가수가 된답시고 학교에서 엄청 설치고 다녔기 때문이다.

게다가 1학년 때 가을 교내 축제에서 민주영이 솔로로 노래를 불러 많은 호응을 얻기까지 했다.

그런 점에서 한여진이 비록 유토피아엔터의 가수로 영입되었긴 해도 노래 실력은 아직 학생들 사이에서 검증이 안 된 상태라 볼 수 있었다.

"조용!"

술렁거리는 학생들은 단숨에 제압한 음악 교사 채숙향이 무대에 서있는 둘을 쳐다봤다.

'한여진 저 애가 민주영과 노래 대결을 다 하다니 믿기지가 않네.'

그동안 초고도 비만으로 뚱보 괴물이라는 딱지를 달고 살았던 한여진이었다. 게다가 1학기 노래 수행평가에서도 교내 학생들 중에서 가장 최하점을 받았을 정도로 입조차 제대로 벌리지 않았던 아이였다.

그런 아이가 갑자기 눈부신 외모로 탈바꿈을 하더니 이제는 민주영과 노래 대결까지 하기에 이른 것이니 교사 입장에선 호기심이 일었다.

그리고 무엇보다 한여진이 민주영과 노래 대결을 하게 된 동기가 무엇일지 궁금했다.

"노래 대결을 하려는 이유가 뭐지?"

채숙향의 질문에 민주영이 얼른 대답했다.

"우리 둘 다 MB방송국 드라마 오디션에 똑같이 지원했거든요. 둘 다 참가하는 것보다 노래 대결에서 승리한 사람이 참가한 것이 좋겠다고 생각해서요."

"너희가 MB방송국 드라마 오디션에 참가한다고? 가수를 희망한다면서 왜 드라마 오디션을 보려는 거지?"

"노리는 배역이 가수 지망생 역할이거든요."

"아하, 그래서!"

민주영을 통해 뜻밖의 정보를 입수한 채숙향은 속으로 놀라움을 금치 못했지만, 이미 수업 대신에 노래 대결을 허락한 상황이었다.

"그럼 승패는 어떤 식으로 가릴 생각이지?"

"애들 반응으로 가릴 거예요."

"애들 반응으로?"

"노래를 더 잘 부른 사람에게 박수가 더 많이 쏟아질 테니까요."

"하긴 그렇겠구나."

채숙향의 질문에 계속해서 민주영만이 자신감 넘치는 기색으로 대꾸를 흘리고 있었다.

그녀에 비해 한여진은 그냥 조용히 침묵을 유지하고 있을 뿐이었다.

하긴 지금까지 채숙향은 한여진 목소리조차 제대로 들어본 적이 없긴 했다.

그런 아이가 노래 대결이라니 신기한 마음도 없지 않았고, 좋은 구경을 한다는 것에 흥미도 동했다.

"그럼 누가 먼저 노래를 부를래?"

"제가 먼저 부를게요!"

민주영이 손을 들었다.

그녀는 먼저 노래를 불러 한여진의 기를 팍 꺾어 줄 속셈이었다.

사람들 앞에 나서는 것을 좋아하는 민주영이었기에 무대에서 노래를 부르는 일은 아주 식은 죽 먹기였지만, 한여진은 그러지 못할 것이라 여겼다.

그녀가 부르는 노래를 듣고 기다리는 동안 벌벌 떨면서 잔뜩 긴장하도록 만들 작정이었다.

'주영이 조것이 머리를 썼군.'

음악실 객석에 자리한 진수아는 민주영이 먼저 선수를 친 것에 그녀의 속셈을 훤히 꿰뚫어 보고 있었다.

"쌤! 노래 반주는 핸드폰을 이용해도 되겠죠?"

"그래."

민주영이 채숙향에게 핸드폰을 흔들어 보이며 상큼하게 웃었다.

영악한 민주영은 같은 또래 아이들에게는 안하무인격으로 제멋대로 굴어도 교사들 앞에서는 이미지 관리에 신경을 썼던 것이다.

"그럼 주영이가 노래 부를 동안 한여진은 자리에 가서 앉아 있도록 해."

한여진이 객석의 자리로 향하자 민주영은 핸드폰을 조작하면서 살짝 고민에 빠졌다.

'조금 힘들더라도 고난이도의 노래를 불러서 한여진의 콧대를 꺾어 주는 게 좋겠어!'

평소 민주영이 즐겨 부르던 노래는 가벼운 곡이 주를 이루었지만, 오늘은 한여진과의 노래 대결이라는 것에 확실하게 가창력을 선보일 수 있는 난이도 높은 곡을 선택했다.

"쌤! 제가 선택한 노래는 〈거위 꿈〉입니다!"

"흐음, 〈거위 꿈〉? 알았다."

음악 교사 채숙향은 민주영이 선택한 노래에 고개를 끄덕여 주었지만 내심 걱정이 되었다.

가수가 꿈인 민주영은 음악 시간에 아이들 앞에 나와서 노래를 부르는 것을 좋아했다.

그랬기에 민주영 가창력과 음색에 대해서 채숙향은 익히 알고 있었던 것이다.

그런 점에서 지금 민주영이 선택한 〈거위 꿈〉은 탁월한 선택이 아니라고 판단했다.

하지만 부를 노래를 선택하는 것, 자신의 음색과 가창력에 어울리는 노래를 잘 선택하는 것도 일종의 실력이라 생각했기에 한번 지켜보기로 했다.

"시작해!"

음악 교사 채숙향의 신호에 무대에 선 민주영이 호흡을 천천히 가다듬었다.

일부러 채숙향은 둘의 노래 대결을 마이크 없이 생음으로 진행토록 했다. 생음으로 노래를 부를 경우 잘 부르지 못하면 금세 노래 실력이 들통나기 마련이었기에 가혹한 처사일 수도 있었지만 정당한 대결을 위해서였다.

'〈거위 꿈〉은 좀 어렵지 않나?'

'맞아. 노래방에서 불러 봤는데 부르기 쉽지 않던데.'

'주영이니 잘 부르겠지, 뭐.'

객석에 자리한 아이들은 관심을 갖고 무대에 선 민주영을 지켜보게 되었다.

♬♪-.

민주영이 핸드폰에서 울려 퍼지는 〈거위 꿈〉 노래 반주에 맞춰 노래를 부르기 시작했다.

민주영은 평소 노래 부르는 것을 좋아했고, 톱 엔터에서도 걸그룹이 되기 위해서 연습을 하고 있었기에 무대에 서는 것은 전혀 겁나지 않았다.

하지만 민주영의 노래가 중반부에 이른 순간.

움찔!

고음 처리에서 삑사리가 났다.

살짝 어긋난 음정으로 인해 민주영은 당황하였고, 후반부에 이른 그녀의 음색이 더욱 불안하게 흔들렸다.

그래도 한여진을 이겨야 한다는 생각에 최선을 다했다.

민주영 노래가 모두 끝났다.

와아아! 짝짝짝!

전문가가 아닌 아이들의 귀에는 민주영의 노래 정도면 매우 훌륭했기에 박수를 보내며 즐거워했다.

'역시!'

음악 교사의 눈빛이 흔들렸다.

그녀는 민주영이 〈거위 꿈〉을 제대로 소화 못 한 것을 눈치챘지만 웃으며 박수를 보냈다.

"다음은 한여진 차례네? 여진이는 어떤 노래를 부를 거니?"

민주영이 객석으로 들어가고 반대로 한여진이 무대로 나왔다.

채숙향은 내심 궁금했다.

그동안 외모가 달라지기 전까지는 한여진은 아이들과 소통도 없었고 늘 혼자 지내던 상태였다.

그런 그녀가 가수가 꿈이었다는 것을 오늘 처음 알게 되고는 진짜 놀랐다.

"저도 〈거위 꿈〉을 불러 볼게요."

"너도 〈거위 꿈〉을?"

"네."

채숙향이 단호한 태도로 고갤 끄덕이는 한여진의 얼굴을 어색하게 웃으며 쳐다봤다.

사실 두 사람이 같은 노래를 부를 경우 비교가 잘될 터였기에 승부를 가리기가 편하긴 했다.

"한여진…… 쟤 뭐야?"

"대박! 같은 노래를?"

"자신 있나 본데?"

"들어 보면 알게 되겠지, 뭐."

아이들이 술렁거렸다.

한여진이 민주영과 같은 노래에 도전한다는 것에 흥미가인 것이다.

'저것이 나와 같은 노래를?'

객석에 자리한 민주영은 불쾌한 기색으로 무대의 한여진을 노려봤다.

방금 부른 〈거위 꿈〉을 완벽하게 부르지 못한 것이 마음에 걸리던 터였는데, 하필 한여진이 같은 노래를 부른다고하니 괜히 짜증이 치솟았다.

한여진이 만일 노래를 잘 부르면 그녀로선 낭패였기에.

'재미있게 돌아가네.'

반면 진수아는 민주영과 절친의 사이였으나 속으론 한여진이 노래 대결에서 승리하기를 원했다.

한여진을 그녀의 적으로 치부한 상태였기에 노래 대결에

서 패해서는 절대 안 되었던 것이다.

진수아도 들어가지 못한 유토피아엔터에 영입된 한여진을 보다 처참하게 밟아 주기 위해선 그녀가 반드시 서말숙 작가의 드라마에 조연 배역을 차지해야만 했다.

그래야 나중에 밟아 주는 재미가 있을 테니 말이다.

♬♪-.

한여진도 핸드폰을 이용하여 노래 반주를 틀었다.

-난 꿈이 있었죠~.

한여진의 도입부 노래가 시작된 순간, 같은 노래임에도 민주영 때와는 달리 실내의 공기가 확연하게 달라진 느낌마저 들었다.

한여진의 음색.

그녀가 부른 노래에선 사람의 심장을 두근거리게 만드는 힘이 있었다.

-여진 양이 학교에 등교하면 민주영이 절대 가만있지 않을 거야. 어차피 진수아는 KB방송국 드라마 오디션을 볼 테니 상관없지만. 민주영은 MB방송국 오디션에 지원서를 냈을 테니까.

어젯밤에 유토피아 대표 석기에게서 연락이 왔다.

　-민주영은 여진 양의 오디션을 보지 못하게 막으려 할 거야. 그리고 어쩌면 민주영이 가장 자신 있어 하는 노래 대결로 오디션 참가 여부를 결정하려 들지도 모르고.
　-상관없어요! 민주영이 노래 대결을 원한다면 하면 되니까요!
　-물론 민주영은 여진 양의 상대가 되지 못할 거야. 그러니 위축되지 말고 실력을 보여 줘!

　역시 석기의 우려대로 학교에 등교하자 민주영이 달려들어 한여진을 괴롭혔고, 결국은 노래 대결로 오디션의 참가 여부를 결정하는 것으로 정해졌다.
　민주영이 〈거위 꿈〉을 선택할 것이라곤 생각지 못했지만, 한편으론 한여진으로선 잘된 일이었다.
　〈거위 꿈〉은 한여진이 좋아하는 노래였다.
　그리고 노래를 잘 부를 자신도 있었다.
　'와! 진짜 노래 잘 부른다!'
　'한여진 가수해도 성공하겠다!'
　'민주영보다 훨씬 듣기 좋아!'
　'민주영은 이 부분에서 살짝 삑사리가 났는데 한여진은 너무 자연스러워!'

'이거 너무 실력 차이가 큰데?'

한여진은 민주영이 삑사리를 냈던 중반부를 지나 후반부까지 완벽한 가창력으로 마무리했다.

'여진이의 노래 실력이 이 정도로 대단했다니.'

음악 교사 채숙향은 오늘에서야 한여진의 천재성을 발견하자 입이 떡 벌어졌다. 외모로 인하여 묻혔던 노래 실력이 드디어 세상에 드러나게 된 것이다.

'유토피아 대표는 한여진의 잠재력을 모두 파악하고 있었던 걸까? 그래서 저 애를 영입한 건가?'

진수아는 주먹을 꽉 거머쥔 채로 무대의 한여진을 쳐다봤다.

'젠장! 뭐, 뭐야? 한여진 저것이 실력을 감추고 있었어! 나보다 노래를 더 잘 부르잖아!'

한여진과 노래 대결을 했던 민주영의 얼굴이 붉게 변해 버렸다.

와아아아아아!

짝짝짝짝짝짝!

한여진의 노래가 끝나자 객석에서 그녀의 노래를 들었던 아이들이 커다란 환호성을 터트리며 힘차게 박수를 보냈다.

민주영을 택했던 것.

그건 지금 안중에도 없었다.

"앵콜!"

"앵콜!"

심지어 한여진의 노래를 더 듣고 싶다는 마음에 아이들은 한목소리로 앙코르를 외쳐 대기 시작했다.

"이이익!"

결국 민주영이 밖으로 나갔다.

괴물뚱보라고 무시했던 한여진이 그녀보다 노래를 잘 부른 것은 당연했고, 한여진이 부른 노래에 심취하여 심장이 떨리는 기분까지 느낀 것이다.

이건 완벽한 패배였다.

그걸 아이들 앞에서 인정하기엔 자존심이 상했기에 민주영은 음악실을 나와 버리는 것으로 대신했다.

"여진아! 친구들이 여진이 노래 더 듣고 싶다는데 괜찮겠어?"

음악 교사 채숙향은 민주영이 음악실에서 나가는 것을 잡지 않았다. 지금은 혼자 있는 것이 좋을 터였기에. 그녀가 생각해도 둘의 노래 실력 차이가 너무 컸다.

한여진이 다시 노래를 불렀다.

앞서 민주영과 노래 대결로 부른 〈거위 꿈〉과는 달리 이번에 부른 노래는 솜사탕처럼 밝고 사랑스러운 노래였다.

"……!"

진수아는 무대의 한여진을 뜨거운 눈빛으로 노려봤다.

노래를 부르는 한여진에게선 빛이 났다. 스타에게서나 볼

법한 신비로운 아우라, 그것이 한여진에게서 뿜어져 나왔다.

'한여진! 서말숙 작가 드라마 오디션에서 꼭 조연 배역을 차지하기를 바랄게!'

이제까지 살아오면서 진수아는 늘 자신이 최고라고 생각했고, 어디서도 자신이 최고로 빛나는 존재가 되어야만 한다고 생각했다.

그런데 지금 그것이 깨졌다.

그녀는 한여진처럼 노래를 잘 부를 자신이 없었기에 진수아가 택할 것은 이제 연기밖에는 없었다.

❋

명성미디어 회장실.

-회장님! 진수아란 학생이 회장님을 만나 뵙겠다고 찾아왔습니다! 어떻게 할까요?

퇴근 준비 중이던 오장환은 비서실에서 전달한 보고에 고갤 갸우뚱거렸다.

'진수아라면…… 진 이사 딸 아냐? 걔가 무슨 일로 나를 찾아온 거지?'

오장환은 명성금융 이사 진태형과 모종의 약속을 한 상황이었다. KB방송국 차정화 작가의 드라마에 진수아를 조연 배역으로 출연시키기로 말이다.

그런 상황에서 갑자기 진태형 딸 진수아가 오장환을 찾아온 것에 의문이 일었다.

"들어오라고 해."

―네! 알겠습니다!

잠시 후. 회장실 안으로 교복을 걸친 예쁘게 생긴 여자애가 들어왔다.

"안녕하세요! 진수아예요!"

진태형의 부인 백유란은 과거에 배우로 활동하다가 결혼을 하면서 연예인 활동을 접었다.

그때 당시 국민 여배우로 통하던 백유란이 연예인 활동을 접게 된 것으로 수많은 사람들이 가슴앓이를 했을 정도로 백유란의 외모는 상당히 빼어났다.

오장환도 백유란을 꽤 좋아했다.

백유란이 명성금융의 이사 진태형 아내만 아니었다면 CF를 핑계로 몇 번 그녀의 얼굴을 보고자 추파를 던졌을지도 모른다.

슬하에 아들 둘에 딸 하나인 진태형이 자식 중에서 유독 진수아를 예뻐하는 이유도, 바로 진수아의 외모가 모친 백유란을 그대로 빼다 박은 탓도 있을 것이다.

'우리 세라도 어디에 내봐도 빠지는 얼굴은 아니지만……그래도 국민 여배우 백유란를 닮은 수아에 비해선 약간 미모가 떨어지긴 하지.'

오장환은 진수아의 등장에 실내가 환해지는 느낌을 받았다. 만일 그녀가 진태형의 딸만 아니었다면 스폰해 주고 싶을 정도로 싱그러움이 물씬 풍기는 진수아의 미모에, 슬쩍 입맛을 다시기까지 했다.

"수아 양! 명성엔터의 소속 배우가 된 것을 축하드려요. 한데 여기에는 무슨 일이죠?"

오장환의 질문에 진수아의 눈에 독기가 일렁거렸다.

"저를 차정화 작가님 드라마에 조연 배역으로 출연 시켜 준다는 말을 들었어요. 그래서 이렇게 회장님을 찾아뵙게 되었어요."

"그게 무슨 말이죠?"

"저 정식으로 오디션을 볼래요. 조연 배역으로 내정된 것을 취소해 주세요. 다른 연기자들처럼 똑같이 오디션을 봐서 당당히 조연 배역을 차지하고 싶어요."

"허어!"

오장환은 당황한 기색으로 진수아를 쳐다봤다.

진태형과 했던 약속.

진수아를 명성엔터에 영입하는 조건으로 차정화 작가의 드라마에 조연 배역으로 출연시키기로 했던 것이다.

"회장님! 저희 아빠하고 회장님하고 무슨 약속을 하신지 잘 알고 있어요. 하지만 그렇게 해서 조연 배역을 차지하고 싶지 않아요. 제 연기를 인정받고 정식으로 조연 배역을 따낼 거예요."

오늘 진수아는 학교에서 한여진 노래를 듣지 않았더라면 이렇게 나오지 않았을 것이다.

하지만 한여진 노래를 듣고 나자 오기가 일었다.

연기로 한여진을 눌러 주고 싶었다.

"대신 조건이 있어요! 오디션까지 이제 일주일 정도 남은 거로 알아요. 저 반드시 차정화 작가님의 드라마에 조연 배역 자리를 따내야겠으니 그 기간 동안 연기 특훈을 부탁드릴 게요."

"연기 특훈을?"

"최고의 강사를 붙여 주세요. 그리고 지금 제가 회장님께 드린 얘기는 저희 아빠에겐 비밀로 해 주시고요. 만일 이 부탁을 들어주지 않으신다면 저 명성엔터의 배우로 활동하지 않을 거예요."

오장환은 맹랑한 진수아의 요청에 기가 막혔다.

하지만 달리 생각하면 진수아의 독기 어린 모습이 싫지 않았다.

스스로 배역을 따내겠다는 것.

그런 결정을 한 계기가 뭔지는 몰라도 배우로 성공하려면 그 정도의 근성은 있어야 한다고 생각했다.

"만일 네 요구대로 그렇게 했는데 오디션에서 탈락하면 어떡할래."

처음엔 진수아에게 존대를 해 주었던 오장환이 반말로 나왔다.

"절대 탈락하지 않을 거예요!"

진수아가 각오를 드러내듯이 입술을 꽉 깨물며 오장환을 번쩍이는 눈빛으로 주시했다.

'예쁜 것만 아니라 깡도 있는 아이로군. 과거에 국민 여배우로 불리던 백유란의 피를 물려받은 아이이니 한번 기대해 볼 만은 하겠군.'

오장환이 흡족히 웃었다.

풍족한 집안에서 곱게 자란 인형 같은 아이라고만 생각했는데 그것이 아니었다.

오장환은 진수아가 아주 마음에 들었다. 어려서 겁이 없는 건지는 몰라도 패기 하나만큼은 높이 사 줄 만했기에.

"진수아! 만일 네 힘으로 차 작가의 드라마에서 조연 배역을 따낸다면 세계적인 배우가 되도록 전폭적으로 지원해 주마."

"감사합니다!"

진수아의 감사 인사에 오장환이 다시 대화를 이어 나갔다.

"한데 너희 아빠에게 비밀로 하는 것은 들어줄 수 없다. 너를 명성엔터에 영입하는 조건으로 너희 아빠가 원한 것이 바로 조연 배역이었으니 말이지. 그러니 아빠에게 모두 밝히는 것이 좋겠다."

"저희 아빠가 반대를 한다면 어떡하실 거죠?"

"그 문제는 네가 해결해. 아빠를 설득하든 조르든 알아서 해야 할 거다. 그것만 해결된다면 오늘 당장이라도 최고의 연기 지도 강사를 붙여 주마!"

"알겠어요. 전화 좀 할게요."

"그래라."

진수아가 부친 진태형에게 전화를 걸었다.

"아빠! 저 오장환 회장님 만나고 있어요. 저 차정화 작가님 작품 조연 배역 제 힘으로 따내고 싶어요. 한여진 같은 애도 오디션을 보는데 제가 뭐가 무서워서 오디션을 두려워하겠어요. 저를 정말로 믿고 사랑하신다면 아빠도 허락해 주세요. 일주일간 연기 특훈 지도를 받는 동안 학교도 빠질 생각이에요. 그만큼 저 진심이거든요."

결국 진태형은 딸이 학교까지 결석하면서 연기 특훈을 받겠다는 말에 허락하고 말았다.

✺

한편, 유토피아엔터.

진수아는 오늘부터 당장 연기 특훈에 들어간 상태였지만, 의외로 한여진은 유토피아 소속 가수인 정나우와 함께 녹음 스튜디오에서 노래를 부르며 신나게 놀고 있었다.

퇴근 시간이 되자 박창수가 대표실로 찾아왔다.

"신 대표! 여진 양 오디션이 바로 코앞으로 다가왔는데 연기 지도 강사를 따로 붙여 주지 않아도 되겠어?"

"그냥 놔둬. 여진 양도 대본을 봤을 테니 알아서 할 거야."

"그러다 오디션에서 탈락하면 어쩌려고?"

"절대 탈락하지 않을 거야."

석기는 한여진을 믿었다.

그도 한여진이 오디션을 볼 대본을 살펴봤다.

서말숙 작가의 드라마에서 조연 배역은 여주의 여동생 역할인 셈이다.

부모 없이 자매가 단둘이 살고 있는 설정이었고, 회사를 다니는 언니는 여동생이 평범하게 대학생이 되기를 원했지만, 여동생 꿈은 가수가 되는 것이다.

여동생은 주말만 되면 언니에게는 독서실을 간다고 해 놓고 대학로에서 노래를 부르는 일을 했다.

공부보다 노래가 좋고, 먹는 것보다도 노래가 더 좋다.

노래를 부를 때 가장 행복해하는 여동생이고, 환경은 열악해도 천성이 밝은 인물이었다.

그랬기에 지금 한여진에게 무엇보다 필요한 것은 연기 연습이 아니라 여동생 역할에 대한 이해였다.

초고도 비만으로 인해 대인기피증까지 걸린 한여진과는 전혀 다른 인물을 연기해야 했다.

그건 연기 특훈을 받는다고 당장 해결할 수 없는 문제였다.

그걸 한여진도 눈치챘을 터.

그래서 정나우와 함께 저리 미친 듯이 노래를 부르며 놀고 있는 것이다.

그런 점에서 정나우는 한여진에게 좋은 친구 역할을 해 주고 있었다.

최고의 연기 지도 강사도 해내지 못하는 일을 하고 있는 셈이었다.

"지금 여진 양이 녹음 스튜디오에서 노래나 부르면서 신나게 놀고 있는 것처럼 보여도 최선을 다하고 있는 거야. 배역에 녹아들기 위해서 말이지."

"그렇다면 연기 지도를 받는 것보다 노는 것이 더 효과적일 수가 있겠네."

"난 그렇게 생각해. 가기 전에 한번 녹음 스튜디오로 내려가 볼 생각인데 너도 같이 갈래?"

"그러지, 뭐."

석기와 박창수가 녹음 스튜디오에 내려왔다. 건물 2, 3, 4층을 유토피아엔터로 사용 중인데 녹음 스튜디오는 4층에 위치했다.

둘이 녹음 스튜디오에 들어서자 유토피아엔터 바지사장인 채현우가 반색하여 쳐다봤다.

"여진 양 때문에 내려오셨군요."

"네, 어때요?"

"잘 놀고 있으니 걱정하지 않으셔도 될 겁니다. 그리고 여진 양, 오늘 학교에서 반 아이와 노래 대결에서 이겼다고 아주 기분이 좋은 모양입니다."

"저도 들었어요."

한여진은 1교시 음악 시간이 끝나자마자 석기에게 전화했다.

민주영과 노래 대결에서 이겼다면서 목소리가 아주 밝았다. 노래 대결 덕분에 한여진은 아이들 앞에서 단단히 존재감을 과시하게 되었으니 민주영도 더는 한여진을 괴롭히지 못할 것이라 여겼다.

'표정이 아주 밝군.'

석기는 녹음 스튜디오 안에서 노래를 부르면서 신나게 놀고 있는 한여진과 정나우의 모습을 구경했다.

한여진을 처음 봤을 때에 비해 엄청나게 달라진 분위기였다. 어두운 구석을 전혀 찾아볼 수 없었다.

"저 상태라면 이젠 조연 배역을 연기해도 잘하겠군요. 나우 양과 죽이 잘 맞아서 다행입니다."

석기의 말에 채현우가 뭔가 할 말이 있는 기색으로 쳐다봤다.

"할 말이 있으면 하세요."

"실은 조금 전에 이소영 기자님과 어쩌다 통화를 나누게 되었는데, 명성엔터에서 연기 지도 강사 서정옥 씨를 섭외했다고 하더군요."

"서정옥 씨라면 국내 최고의 연기 지도 강사로 통하던 인물 아닌가요?"

"맞습니다. 워낙 성격이 까다로워서 아무나 연기 지도를 하지 않는 분으로 유명한데, 웬일로 명성엔터의 요청에 수락했는지 모르겠어요."

"혹시 진수아란 아이 때문일 수도 있겠네요."

석기의 말에 채현우가 놀란 눈치였다.

"진수아를 알고 계시는군요."

"네, 어쩌다 보니……."

"그럼 진수아가 명성엔터에 배우로 영입된 것도 아시겠네요."

"네, 알고 있어요. 여진 양과 같은 반 아이란 것도 말이죠."

"아, 그렇군요. 진수아를 명성에 빼앗긴 것이 사실 아깝긴 하죠. 그 아이 엔터계에서 꽤 유명한 아이거든요. 과거에 국민 여배우로 불렸던 백유란의 딸이란 것도 있고 해서 그동안 여러 기획사에서 스카우트 제의를 받았을 겁니다. 근데 배우에 뜻이 없는 거로 알았는데 웬일로 명성엔터에 들어갔네요."

유토피아엔터에 영입되기를 원했던 진수아였지만 그녀의 인성에 문제가 있다는 것에 석기가 차갑게 거절했다. 참고로 진수아가 석기를 찾아온 것은 박창수만 알고 있었다. 그랬기에 채현우는 진수아의 인성을 모르고 외모만 놓고 그녀를 명성에 빼앗긴 것을 아깝게 생각하는 눈치였다.

"저는 진수아보다 여진 양이 훨씬 마음에 드네요. 물론 채 대표님도 그럴 거라고 생각하지만요."

"하하! 맞습니다! 여진 양의 비주얼이면 진수아를 충분히 능가하죠. 그리고 참, 이건 이번에 나우 양이 만든 노래인데 아까 여진 양이 부른 걸 녹음한 겁니다. 한번 들어 보시죠. 제가 보기엔 서 작가님 드라마의 OST로 아주 딱이란 생각이 들지만요."

"그렇담 여기서 들어 보죠."

"알겠습니다. 이쪽으로 오시죠."

석기와 박창수는 채현우를 따라 옆의 오디오실로 옮겼다. 그곳에서 채현우가 녹음한 노래를 틀었다.

정나우 작곡 작사에 한여진이 부른 노래.

서말숙 작가의 드라마를 의식해서 만든 노래는 아니겠지만 멜로디와 가사가 채현우 말대로 드라마의 OST로 제격이었다.

"어떤가요?"

"아주 굿인데요? 만일 노래가 드라마 OST로 나가게 되면

쟤들 데뷔가 앞당겨 질 수도 있을 겁니다. 서 작가님과 제작
팀에 이 녹음 파일을 보내드리세요."

"안 그래도 그럴 생각입니다. 그리고 여진 양 연기는 걱정
마세요. 예리가 살짝 궁금해서 테스트를 해 봤는데 의외로
여진 양이 연기에도 소질이 있다고 하더군요."

"하하! 그거 반가운 소식이네요!"

석기가 환하게 웃었다.

진수아를 버린 것이 하나도 아깝지 않았다. 한여진의 포텐
이 팡팡 터지고 있었으니 말이다.

한여진이 만일 서말숙 작가의 드라마의 조연 배역에 출연
하기만 하면 노래와 연기, 두 마리 토끼를 잡을 수 있을 것
이다.

더없이 좋은 기회다

오디션 날이 다가왔다.

KB방송국 행사홀에 오디션에 관한 취재를 하고자 기자들이 여럿 몰려와 잡담을 나누고 있었다.

"이거 갈등 때리게 하필 MB방송국과 오디션을 똑같은 날에 잡을 줄이야."

"그러게 말일세. 드라마를 생각하면 MB가 유리하긴 한데, 이쪽은 백유란 딸이 오디션에 나온다면서?"

"백유란을 닮았으면 비주얼은 아주 끝내주겠군."

"그동안 여러 기획사에서 백유란 딸을 잡고자 애를 썼는데 결국은 명성엔터 배우가 되었다지?"

"하긴 명성이면 재력은 **빵빵**할 테니 확실하게 밀어주긴 하겠군."

"명성에서 백유란 딸을 위해서 연기 지도 강사 서정옥을 붙여 주었다는 소문이던데."

"서정옥까지? 그럼 게임 끝났네!"

"맞네. 오늘 오디션은 해 보나 마나겠군. 다들 백유란 딸을 위한 들러리에 불과할 테니까."

바로 그때였다.

수군거리며 잡담을 나누던 기자들의 시선이 일제히 행사 홀 입구로 쏠렸다.

"백유란 딸이 나타났다!"

"저 애가 백유란 딸?"

"호오! 비주얼 장난 아닌데?"

진수아가 등장한 것이다.

그런데 고등학생치고는 다소 사치스러운 명품 세미정장 차림새인 진수아의 모습이었는데, 동반한 일행의 숫자가 장난이 아니었다.

경호원으로 보이는 시커먼 정장 차림새 사내 둘과 매니저와 코디들까지 주렁주렁 달고 나타났다.

누가 보면 톱급 배우가 나타난 것이라고 오해해도 좋을 분위기였다.

여타 기획사의 소속 배우들도 오늘 오디션을 보고자 방송국을 방문했지만 동반한 일행이 많아 봤자 셋을 넘기지 않았기에 확실하게 비교가 되긴 했다.

우르르ー!

기자들이 진수아 주위로 몰려들어 카메라 플래시를 터트렸다.

찰칵찰칵! 번쩍번쩍!

오늘 오디션에 참가한 연기자들 중에서 가장 관심을 끌만한 인물이 등장한 것이니 말이다.

"진수아 양! 차정화 작가님 드라마 오디션에 참가하게 된 소감이 어떤가요?"

"이제까지 공부만 열심히 해 온 제가 배우가 되기 위해 오디션에 참가한 것은 처음입니다. 아직은 부족한 점이 많지만 열심히 노력해서 훌륭한 배우가 되어보겠습니다."

"진수아 양의 어머니 백유란 씨가 과거에 국민 여배우로 불렸던 것에 대해서 어떻게 생각하죠?"

"제 어머니가 과거에 국민 여배우로 불린 것을 매우 자랑스럽게 생각하고 있습니다! 어머니의 명예에 흠집이 나지 않는 배우가 되도록 노력할 것입니다."

"서정옥 씨에게 연기 특훈을 받았다고 들었습니다! 오늘 오디션에서 조연 배역을 따낼 자신이 있나요?"

"다른 연기자 분들도 마찬가지겠지만 저 역시 오디션에 참가한 이상 조연 배역을 차지할 수 있도록 최선을 다할 생각입니다."

진수아는 마치 모범 답안처럼 기자들의 질문에 사람들이 좋아할 말들로 응대했다.

그런데 진수아를 향해 몰려든 기자들의 모습을 불쾌하게 여기는 연기자들도 있긴 했다.

"쟤 뭐야?"

"아주 톱스타 저리가라군."

"쟤가 백유란 딸이라면서?"

"설마 내정자 아냐?"

"우씨! 재수 없어! 이럴 줄 알았으면 MB방송국 오디션에 참가하는 건데."

❉

한편, MB방송국 행사홀.

드라마 강국으로 알려진 탓에 기자들이 여러 명 몰려와 행사홀 입구에서 진을 치고 있었다.

그러던 찰나.

단정한 캐주얼 복장을 한 예쁘게 생긴 여학생 하나와, 세련된 정장을 걸친 준수하게 생긴 젊은 사내가 행사홀 입구로 들어서기 시작했다.

두 사람의 비주얼이 워낙 뛰어나서 그런지 이들의 등장에 갑자기 주변이 환하게 밝아지는 기분마저 들 정도였다.

"유토피아 신석기 대표다!"

"신석기 대표? 허! 맞네!"

"오디션장에는 웬일이지?"

"동행이 있는데?"

"오디션 참가자인가?"

"호! 비주얼 끝내주는데?"

"가서 인터뷰 따야겠다!"

석기를 발견한 기자들이 먹이를 노리는 매처럼 두 사람 주위로 우르르 몰려들기 시작했다.

유토피아에서 생산한 연예인 비누와 릴렉스 향수, 거기에 유토피아 힐링센터로 인하여 세간의 화제 몰이를 하고 있던 곳이니 말이다.

"신 대표님! 옆의 일행은 오디션 참가자입니까?"

"그렇습니다."

"유토피아 소속 배우로는 민예리 배우님이 전부로 알고 있습니다. 혹시 이번에 영입한 배우인가요?"

"배우는 아니고 가수 지망생으로 영입한 한여진 양입니다."

석기의 말에 기자들이 눈빛을 빛내며 집요하게 물고 늘어졌다.

"그럼 가수 지망생이 조연 배역 오디션을 보러 왔다는 겁니까?"

"네! 그렇습니다. 한여진 양이 오늘 오디션에 참가한 이유는 조연 배역의 역할이 가수 지망생이라는 점에, 이번 기회에 좋은 경험을 쌓고자 오디션에 참가하게 되었습니다."

그때 기자 하나가 한여진을 향해 마이크를 불쑥 내밀었다.

"유토피아 힐링센터에서 케어를 받았던 학생 맞죠?"

남기택이 사주한 기자였다.

오장환은 진수아를 통해 MB방송국 사장 한성후 딸인 한여진이 서말숙 작가의 드라마 오디션을 본다는 것에 비서실장 남기택에게 지시를 내렸다.

기자를 사주하여 한여진에게 난처한 질문을 마구 퍼부어 한여진의 컨디션을 망치게 만들라고 했다.

"네! 맞아요!"

"힐링센터에서 케어를 받기 전의 모습은 어떠했죠?"

한여진을 난처하게 만들 작정으로 꺼낸 기자의 질문에, 한여진은 위축된 기색 없이 당당한 태도로 응대했다.

"유토피아 힐링센터에서 케어를 받기 전까지는 저는 학교에서 뚱보 괴물로 통했습니다. 여러분이 상상할 수 없을 정도로 어마어마하게 추악한 모습이었죠. 하지만 신석기 대표님 덕분에 힐링센터에서 케어를 받고 이렇게 아름다운 모습으로 변신할 있게 되었습니다. 그리고 서말숙 작가님의 드라마 오디션에 도전하게 되었고요. 저는 제게 주어진 새로운 인생을 헛되게 낭비할 생각이 없습니다. 최선을 다해 오디션에 임할 것입니다. 그러니 기자님들도 제가 용기를 낼 수 있도록 많은 응원 바랍니다."

꾸벅!

당당하게 할 말을 다한 한여진이 기자들을 향해 공손히 허리를 굽혀 인사했다.

와아아! 짝짝짝짝!

이런 상황에 기자들은 분위기에 휩쓸려 그만 한여진을 향해 박수를 보내며 응원하는 분위기가 자연스럽게 연출되었다.

[빌어먹을! 저것이 저리 당당하게 나올 줄은 미처 몰랐네. 전의 외모를 언급하면 잔뜩 위축되어서 벌벌 길 줄 알았는데. 그렇다면 이제 다른 것으로 공격하는 수밖에.]

남기택에게 사주를 받은 기자는 받아먹은 돈이 있었기에 여기서 물러날 수 없었다.

"한여진 양! 아빠가 MB방송국 사장이라는 말이 있던데요. 설마 내정자로 오디션에 참가한 겁니까?"

이번 기자의 질문은 타격이 좀 컸기에 그러한지 주변에 몰려든 기자들이 술렁거렸다.

"이번 질문은 제가 답해도 되겠습니까?"

석기가 방금 질문을 던진 기자를 싸늘하게 노려봤다.

[한성후 사장의 딸이 오디션에 참가했다는 자체는 내정자라는 꼬리표를 단 것과도 같은 셈인데 그걸 이놈이 어떻게 발뺌을 하려나?]

기자의 속마음이 들렸다.

이미 예상은 하고 있었다.

명성에서 수작을 부리지 않는 것이 오히려 이상한 일이었다.

"내정자라고 하셨습니까?"

"네! 유토피아엔터 소속인 한여진 양이 한성후 사장님 따님이시니 내정자일 수도 있지 않습니까?"

"정말 그렇게 의심하고 계시다면 유감입니다."

석기는 눈앞의 기자를 향해 비웃듯이 피식 웃어 준 후에, 주위에 몰려든 기자들을 천천히 둘러보며 말했다.

"여기에 모이신 기자님들은 다들 정보에 해박한 것으로 알고 있습니다. 그런 점에서 기자님들도 잘 알다시피 MB방송국은 오디션에 한해선 어느 방송국보다도 공정하게 보기로 유명한 곳으로 알려졌습니다. 아무리 한여진 양이 방송국 사장님 딸이라 해도 한성후 사장님의 인격을 전 믿고 있습니다. 만일 정말로 한여진 양을 내정자로 삼았다면 굳이 오디션을 치를 이유가 없었겠죠. 그냥 발표하면 그만이니까요. 그럼에도 공개 채용 오디션을 진행한 것은 한여진 양이라도 다른 연기자들과 똑같은 대우를 받게 된다는 의미로 보시면 될 겁니다."

잠시 말을 끊은 석기가 눈앞의 기자를 싸늘히 노려보다가 다시 얘기를 이어 갔다.

"MB방송국 오디션은 공개 오디션으로 진행될 겁니다. 무대에 오른 연기자들의 연기를 직접 볼 수 있도록 오디션이 진행될 것이며, 심지어 객석의 반응도 점수에 들어가게 된다는 점입니다. 그러니 만일 한여진 양이 오늘 오디션에서 조연 배역으로 선발된다면, 그건 순전히 한여진 양의 실력으로 선발이 된 것이라 보면 될 겁니다."

석기의 발언이 끝나자 다른 기자들이 고개를 끄덕거리며 그의 말에 신뢰를 표하는 분위기였다.

KB방송국과는 달리 MB방송국은 오디션 과정을 모두 객석에 오픈한다는 차이가 있었던 것이다.

그건 공정한 심사를 하겠다는 의미나 마찬가지였기에.

"흠흠."

그러자 한여진 컨디션을 망치도록 분란을 조장하려 했던 기자는 그만 석기의 말에 반발을 못하고 헛기침만 할 뿐이었다.

본전도 건지지 못하고 이상한 기자로 낙인찍힌 것이다.

"대기실로 가죠."

"네, 대표님."

석기는 한여진을 데리고 연기자들이 모여 있는 대기실로 움직였다.

석기가 남기택이 사주한 기자를 꼼짝 못하게 털어 버린 탓에 다른 기자들은 더는 한여진에게 질문을 삼가는 분위기였다.

오늘 석기가 이곳에 참가한 이유.

이런 일이 있을 것을 염두에 둔 탓이다.

그래서 차를 타고 오기 전에 한여진에게도 마음의 준비를 단단히 해 두도록 했다.

대기실로 들어서자 석기는 앞서 기자를 상대하면서 떨지 않았던 한여진을 칭찬했다.

"여진 양. 아까 기자의 질문에 잘 대처했어요."

"대표님 덕분이에요."

"이제 다른 생각은 말고 연기에만 집중하도록 해요."

"그럴게요."

"여기서 앉아 있어요. 잠깐 화장실 좀 다녀올게요."

"네, 대표님."

석기가 대기실에서 나왔다.

화장실에 들어서자 아까 한여진을 난처하게 만들고자 했던 기자가 세면대에서 손을 씻고 있었다.

쏴아아!

석기도 세면대 물을 틀었다.

일부러 세게 틀었다.

상대에게 물을 직접 마시게 하지 않고도 몸에 닿는 것만으로도 해를 가할 수 있는 방법을 알아냈다.

게다가 물을 마시지 않고 몸에 물이 닿을 경우는 석기가 고통을 겪지 않아도 된다는 장점이 있었다.

그런 경우의 수가 많지 않아서 사용하기가 어려운 점은 있었지만. 지금은 아주 좋은 기회였다.

[유토피아 대표 놈이다! 아까는 내가 분위기상 밀려났지만 오디션을 보기만 해 봐! 한여진 그것이 연기를 제대로 못하도록 아주 난장판을 만들어 버릴 테다!]

기자는 MB방송국의 오디션이 공개로 진행된다는 것에 객석에 사람을 매수할 생각이었다.

한여진이 오디션을 제대로 보지 못하게 야유를 퍼붓고 방해할 작정이었다.

'네놈이 그렇게 나오겠다면 더욱 용서할 수 없지.'

기자가 계속 한여진을 괴롭힐 작정임을 눈치챈 석기의 눈빛이 파랗게 타올랐다.

치익!

석기는 세면대 수도꼭지에 손가락을 대서 일부러 물이 기자에게 튀도록 조작했다.

"어어-?"

"흠! 죄송합니다."

물방울이 옆의 기자에게로 튄 것에 건성으로 사과를 한 석기의 입꼬리가 씨익 올라갔다.

[내가 화장실에서 나가면 혼자 생쇼를 벌일 것!]

안 그래도 한여진을 곤경에 처하게 만든 기자를 그냥 보낸 것이 마음에 걸리던 터였는데, 아직도 악한 행동을 계획하고 있다는 것을 알게 되자 제대로 밟아 줄 필요가 있었다.

마침 화장실은 기자와 석기가 전부였다. 석기가 화장실을 나오자 이제 기자 혼자 남게 되었다.

"으아악!"

갑자기 혼자 세면대 거울에 얼굴을 들이박은 기자의 코에서 핏물이 주르륵 흘러내렸다.

하지만 그것이 끝이 아니었다.

의지에 상관없이 기자가 자꾸만 자해를 하듯이 벽의 여기저기에 들이박으며 상처를 내고 있었다. 아파 죽겠지만 몸이 멈추지 않았다.

"화장실에 미친 변태가 있습니다. 벽에 몸을 들이박고 난리도 아니더군요. 빨리 조치를 부탁드립니다."

"아, 알겠습니다!"

석기의 신고에 경비들이 화장실로 달려가 피투성이로 기절한 기자를 밖으로 끌어냈다.

방해물을 치워 버렸다.

❀

KB방송국 오디션이 시작되었다.

오디션 진행과정은 관계자가 아닌 이들에게는 비공개였기에, 오디션 참가자들은 대기실에서 기다리고 있다가 번호를 호명하면 오디션장으로 이동하곤 했다.

한 조에 다섯 명씩 오디션을 치르는 방식이었다.

진수아는 3조에 속했다.

"참가 번호 23번! 진수아입니다!"

진수아 차례가 다가왔다.

그녀가 과거에 국민 여배우로 불렸던 백유란의 딸이라는 것이 소문이 나서인지 진수아와 한조가 된 참가자들은 그녀를 몹시 경계하는 분위기였다.

'백유란 딸이라지만 연기까지 잘할 수 있을까?'

'만일 저 비주얼에 연기까지 잘한다면 이번 오디션은 보나마나겠지.'

'무슨 애가 저리 예뻐! 심사 위원들이 모두 저 애에게만 관심을 갖는 분위기잖아.'

'설마 내정자 아냐?'

'이럴 줄 알았으면 MB방송국 오디션에 지원하는 거였는데.'

진수아는 오디션 참가자들의 경계 어린 분위기에 기분이 불쾌했다.

사실 다섯 살 때의 일이었다.

모친 백유란과 지인 관계인 모 감독의 부탁에 진수아는 감독이 촬영하는 영화의 아역 배우 오디션을 보게 되었다.

그냥 처음부터 아역 배우로 선발해도 되었지만 백유란이 공평한 선발을 원했기에 진수아는 오디션을 치러야만 했다.

하지만 아역 배우를 노리고 오디션에 참가했던 부모들은 진수아가 내정자라면서 불쾌하게 여기는 분위기를 연출했고, 그것에 상처를 받은 진수아는 그날 오디션을 보지 않고 오디션장에서 아예 나와 버렸다.

그렇게 어린 시절의 기억이 상처로 남아서인지 그녀는 그 후로 절대 배우가 되지 않겠다고 작정했고, 그동안 여러 곳의 연예기획사에서 스카우트 제의를 받았음에도 모두 무시해 버렸다.

그랬는데 유토피아 대표 석기로 인하여 진수아 가슴에 불을 지르게 된 것이다.

게다가 석기로 하여금 유토피아 힐링센터의 케어를 받은 한여진이 MB방송국 오디션을 보게 되었다는 것에 진수아는 복수를 다짐했다.

차정화 작가의 드라마 조연 배역을 반드시 차지하여 석기가 그녀를 무시하고 한여진을 선택한 것을 후회하게 만들어 주고 싶었다.

과거에는 불쾌함을 참지 못하고 오디션장을 떠났지만, 오늘은 반드시 조연 배역을 차지해야만 했기에 이를 악물었다.

오디션 사회자가 멘트를 진행했다.

"23번 참가자! 자유연기로 무엇을 준비했는지 보여 주시죠!"

오늘 오디션에선 자유연기 하나와 지정 연기 하나를 본다.

비록 짧은 기간이지만 국내에서 유명세를 날리는 연기 지도 강사 서정옥에게 연기를 특훈받은 진수아였다. 그녀가 준비한 자유연기가 시작되었다.

"나를 배신한 네가 행복하게 사는 꼴을 절대 두고 볼 수 없어! 이익! 내 죽어서 귀신이 되어서라도 평생토록 너를 저주할 거야!"

진수아가 택한 자유연기는 남자의 배신에 한이 맺힌 연기를 하는 거였는데, 처절한 진수아의 연기에 심사 위원들이 모두 감탄하는 기색들이었다.

연기 지도 강사 서정옥.

서정옥은 진수아의 진면목을 용케 눈치채고, 그녀에게 가장 잘 어울리는 연기를 자유연기로 지정해 준 것이다.

겉으로는 천사처럼 굴고 있지만 속에는 질투와 사람에 대한 무시로 가득한 진수아로선 자연스럽게 상대를 저주하는 감정을 끌어내는 데 성공했다.

게다가 지정 연기는 천사표를 연기하는 거였는데, 그것 역시 진수아가 잘하는 분야였기에 무리 없이 소화해 낼 수 있었다.

❖

MB방송국 오디션.

이곳에서는 공개 오디션으로 진행이 되었기에 방송국에서 가장 큰 스튜디오를 오디션장으로 사용했다.

무대에서 연기하는 참가자들의 모습이 잘 보이도록 사방에 스크린이 설치되어 있어서 뒷좌석에 앉아도 문제가 없을 정도였다.

하지만 아무리 공개 오디션이라고 할지라도 모든 사람들을 다 입장시킬 수 없었기에, 오디션 참가자의 일행은 둘로 제한했다.

유토피아에선 한여진의 오디션에 석기만 따라온 상태였기에 혼자 객석에 입장했다.

객석의 앞쪽 열에는 오디션 참가자들이 자리했고, 뒤쪽 열에는 참가자들의 일행들이 자리했다.

시간이 되자 오디션 진행을 맡은 사회자가 나와서 오디션 관련 사항을 설명하기 시작했다.

"오디션에선 지정 연기 하나와 자유연기 대신으로 각자 준비한 노래를 불러 주시면 됩니다. 자유연기 대신 노래를 택한 이유는 조연 배역의 극중에서 역할이 가수 지망생이라는 것에 노래의 비중이 크게 작용하기 때문입니다. 피아노를 비롯하여 여러 가지 악기도 준비되어 있으니 원하는 악기를 자유롭게 이용하셔도 좋습니다. 그럼 참가 번호 1번! 무대로 올라와 주시죠!"

KB방송국 오디션과는 달리 MB방송국 오디션은 참가자들에게 자유연기 대신에 노래를 부르도록 했다.

조연 배역의 극중 역할이 가수 지망생이라는 것에 노래 실력을 테스트 하려는 의도에서였다.

'여진 양에게는 차라리 잘되었군.'

가수가 꿈인 한여진에게는 다행스러운 오디션이었지만, 노래를 생각하지 못한 다른 참가자들은 당황하는 눈치들이었다.

아무래도 오디션 공고를 낼 때 자유연기 대신에 노래를 본다는 것을 밝히지 않고, 이렇게 오디션을 보는 날에 떡하니 밝힌 것이니 말이다.

[노래를 본다고?]

[어떡하지? 나 노래는 영 젬병인데.]

[혹시 악기까지 연주하면 가산점이 있는 건가?]

[흐흐! 극중 역할이 가수 지망생이니 노래를 볼 줄 알았지. 노래를 준비해 오길 정말 잘했다.]

[멍청한 것들! 조연 배역의 캐릭터를 분석도 안하고 온 모양이군.]

[난 연기가 살짝 부족했는데 잘됐다! 화끈하게 안무를 곁들여 눈길을 끄는 것이 좋겠어.]

참가자들의 속마음이 들렸다.

당황하는 참가자들도 있었지만 노래를 준비해 온 참가자들은 속으로 희희낙락하고 있음을 알 수 있었다.

"다음은 오늘 오디션 심사를 맡으신 분들을 소개하겠습니다! 심사 위원은 모두 네 분이십니다! 우측부터 소개를 하도록 하죠. 먼저 드라마 〈오늘부터 파이팅!〉을 쓰신 서말숙 작가님! 그 옆에는 드라마 연출을 맡으신 도진하 PD님! 옆으로 MB방송국 드라마 제작팀……."

사회자의 심사 위원 소개에 석기가 연출 감독 도진하를 살피듯 쳐다봤다.

사십대 중년 남성으로 과묵하게 생긴 도진하 PD는 MB방송국 드라마 제작팀에서 다년간 활동한 PD로, 흥행을 시킨 작품도 꽤 있는 편이었는데 다행히 서말숙 작가와도 상성이 좋은 연출 PD라는 점이었다.

'연출 PD와 서 작가님 사이가 괜찮으니 이번 드라마는 연기자들이 큰 문제만 일으키지 않는다면 흥행은 웬만큼 보장이 되겠군.'

간혹 연출 PD와 작가의 사이가 좋지 못할 경우 작품이 산으로 가는 경우가 종종 있긴 했다. 그런 점에서 〈오늘부터 파이팅!〉은 안정적이라 보면 되었다.

'만일 여진 양이 조연 배역에 선발된다면 〈오늘부터 파이팅!〉은 우리 유토피아에서 중요 배역을 모두 차지한 셈이 되겠군.'

석기는 한여진이 자리한 곳을 슬쩍 살피듯 쳐다봤다.

이런 자리가 처음일 텐데도 다른 참가자들에 비해 그다지 긴장하지 않는 한여진의 분위기였다.

'역시 성수를 마신 효과일 거야.'

객석에 자리하기 전에 석기는 한여진의 컨디션을 위해서 따뜻한 차를 한잔 마시도록 했다.

석기 혼자서 오디션장에 참석한 것도 바로 성수 때문이었다.

차를 성수로 전환시켰다.

그걸 마신 한여진의 표정이 한결 밝아지고 차분해진 기색으로 바뀌었다.

"1번 참가자분! 무대로 올라오시죠!"

앞 번호부터 차례대로 오디션을 보게 되었다. 여러 기획사에서 나름대로 미는 배우들이 오디션에 참가한 상태일 터. 그래서인지 연기를 잘하는 배우도 있었고, 노래를 잘 부르는 배우도 있었다.

'만일 연기나 노래를 하지 않고도 척 보기만 해도 재능이 있는 이들을 구별해 낼 수 있다면 어떨까? 그렇다면 이런 오디션도 필요가 없겠지만.'

오디션에 참가한 이들의 숫자가 많다 보니 한여진 차례가 오기까지 몇 시간을 기다려야만 했기에 석기는 자신도 모르게 뜬금없는 생각을 하게 되었다.

그러던 바로 그때였다.

'응?'

갑자기 신기하게도 참가자들이 무대에 올라선 순간 이상한 현상이 나타났다.

정확하게 참가자들의 머리 위.

그곳에서 신비로운 빛이 일렁거렸다.

앞서 오디션을 봤던 참가자들에게선 이런 현상이 나타나지 않았기에 갑작스러운 변화는 분명 석기의 생각과 연관이 있을 터.

방금 눈으로 보는 것만으로 참가자들의 재능을 구별해 수 있다면 재미있겠다는 생각을 했다.

아무래도 그것이 영향을 미친 것이라 생각한 석기가 슬며시 블루를 불러냈다.

'블루! 이게 무슨 현상이지?'

–아우라라고 보시면 될 겁니다.

'아우라?'

–인간이 지닌 재능의 여부가 아우라로 나타난 것입니다. 지금은 오디션 중이니 연기와 노래에 관한 재능의 발현일 겁니다.

'이제까지는 이런 현상은 없었잖아.'

–마스터의 능력이 진화될수록 특별한 능력이 개화되는 것은 당연한 현상입니다.

석기는 블루의 답변에 속으로 놀라움을 금치 못했지만, 아우라를 통해 참가자들의 지닌 능력을 간파할 수 있으니 재미있긴 했다.

아우라가 옅은 참가자들은 역시 연기나 노래 실력이 별로였지만, 아우라가 진한 참가자들은 제법 실력이 괜찮았다.

'어? 이번 참가자는 아우라가 꽤 강렬한데.'

어느덧 한여진 바로 앞 번호를 배부받은 오디션 참가자 차례가 다가왔다.

이름이 서이서.

나이는 한여진보다 두 살 많은 대학 새내기였지만 그래도 동안이라 어려 보였다.

다른 참가자들에 비해 메이크업이나 옷차림이 수수했지만 오디션 참가자 중에서도 꽤 눈에 띄는 귀여운 서이서의 외모였다. 거기에 아우라까지 강렬하다는 것에 석기는 은근히 신경이 쓰였다.

'하필 바로 여진 양 앞 순서라니.'

아우라를 보더라도 오늘 오디션 참가자 중에서 가장 재능이 뛰어난 존재가 틀림없었다.

'소속사가 없는 상태인 모양인데.'

앞서 오디션을 치른 여타 참가자들은 소속사에서 일행이 하나둘 따라온 상태였지만, 이번 참가자는 일행 없이 혼자서 오디션을 보러 온 것으로 보였다.

"악기 없이 부를게요!"

그녀는 악기를 선택하지 않았다. 하긴 능숙하게 연주하지 못하는 악기를 괜히 들고 노래를 불렀다가 망한 참가자들이 여럿 있긴 했다.

그런 점에선 서이서는 현명한 편이었다.

♬♪-!

서이서는 오디오에서 흘러나온 노래 반주에 맞춰서 즐겁게 안무를 추면서 노래를 불렀다.

'흐음.'

안무 실력이 상당했다.

가창력은 한여진보다 못했지만 안무가 뛰어나다 보니 보는 즐거움이 있었다.

와아아! 짝짝짝!

그녀는 이제까지 오디션을 치른 참가자 들 중에서 가장 커다란 박수를 받게 되었다.

다음은 지정 연기 차례였다.

연기력도 무난한 편이었다.

[한성후 사장님 딸 여진 양이 바로 저 아이 뒤라는 것이 부담이 되겠어. 지금까지 오디션을 본 아이들 중에선 가장 조연 배역에 어울리는 아이이긴 하지.]

[외모도 저 정도면 나무랄 데 없고, 연기력에 노래 실력까지 갖춘 아이로군. 여진 양이 저 아이를 능가하지 못한다면 조연 배역은 저 아이가 차지하겠군.]

서말숙 작가와 도하진 PD의 속마음이 들렸다.

그때 다음 차례인 한여진이 무대에 올랐다.

'다행히 흔들리지 않은 기색이군.'

한여진은 바로 앞의 참가자가 제법 괜찮은 점수를 받았을 것임을 눈치채고 있을 텐데도 표정이 안정되어 보였다.

'어디 아우라는?'

다행히 한여진에게서 뿜어져 나온 아우라도 서이서와 막상막하였다.

비주얼 면에선 서이서가 귀여운 분위기라면 한여진은 신비로운 맛이 있었다.

물론 전반적으론 한여진의 외모가 우월하긴 했다.

특히 피부 면에선 오늘 오디션 참가자들 중에서 단연 독보적이었다.

"앞서 참가자가 불렀던 노래를 해 보겠습니다!"

그런데 뜻밖에도 한여진은 무슨 생각인지 앞서 참가자인 서이서가 불렀던 노래를 선택했다.

그런 한여진의 선택에 객석에 자리한 구경꾼들이 크게 술렁거렸고, 심사 위원들도 마찬가지였다.

그리고 무엇보다 바로 앞서 오디션을 봤던 참가자 서이서는 당황한 기색으로 무대의 한여진을 빤히 쳐다봤다.

'재미있는 아이네.'

서이서의 당황했던 표정이 이내 호기심으로 물들었다.

사실 오디션 참가자들 중에서 가장 예쁘게 생긴 아이라서 그런지 자연스럽게 눈길이 갔다.

'신비롭게 생긴 저 아이 비주얼로 소화를 하기에는 노래가 너무 귀여울 텐데 괜찮을까 모르겠네.'

한편으론 서이서는 자신이 불렀던 노래를 한여진은 어떻게 소화해 낼지 기대가 되었다.

그때 사회자도 한여진이 서이서와 같은 곡을 선택한 것에 확인차원에서 질문을 했다.

"한여진 양! 앞서 참가자가 불렀던 노래를 선택한 것이 맞습니까?"

"네, 맞아요. 혹시 같은 노래를 부르면 안 되는 건가요?"

"그건 아닙니다."

"그럼 반주 부탁드립니다."

한여진의 단호한 태도에 사회자는 행사를 진행해야 했기에 오디오 담당자를 향해 고개를 끄덕여 주었다.

'무슨 의도지? 서이서와 같은 노래를 부르겠다니.'

석기는 내심 궁금했다.

한여진도 서이서가 노래에서 높은 점수를 받았을 것은 짐작하고 있을 것이라 여겼다.

그럼에도 굳이 서이서가 부른 노래를 부르겠다고 나온 것은 자신이 있기 때문일 터였다.

[과연 어떤 의도로 같은 노래를 선택한 건지 몰라도 배포 하나는 대단한 아이야.]

[앞서 참가자보다 노래를 못 부를 경우에는 점수를 더 잃을 수 있을 텐데도 저런 선택을 하다니.]

[한번 지켜보면 알겠지, 뭐.]

[그래도 뭔가 재미는 있네.]

심사 위원들도 관심을 갖고 무대의 한여진을 주시했다.

따단!

노래반주가 흘러나오고 한여진의 노래가 시작되었다.

그런데 서이서는 솔직히 노래보단 귀엽고 사랑스러운 안무로 사람들을 혹하게 만들었다고 볼 수 있었기에, 같은 곡을 선택한 한여진의 안무에 다들 기대를 갖고 있는 상태였다.

　하지만 의외의 일이 벌어졌다.

　한여진은 무슨 의도인지 안무는 생략한 채 마이크를 거머쥔 자세로 노래만 불렀다.

　　[헐! 안무 없이 노래를 부르다니.]
　　[저러면 너무 비교가 될 텐데.]
　　[하지만 저것도 어울리는데?]
　　[저 아이가 부르니 똑같은 노래인데 전혀 다른 노래처럼 들려.]
　　[저 노래가 이렇게 좋았나?]
　　[대박! 완전 가창력 쩌네!]
　　[귀여운 안무와 곁들일 때는 그저 흥겨운 노래라고 생각했는데. 아아! 노래가 너무 슬프다.]
　　[이번에 부른 노래가 더 좋아.]

　한여진이 부른 노래.

　같은 곡이었지만 서이서가 불렀을 때와는 전혀 다른 노래처럼 느껴지게 되었고, 심지어 한여진이 부른 노래를 사람들이 더 좋게 생각하고 있다는 것이다.

홍겹게 느껴지던 멜로디가 한여진이 부르니 처연한 슬픔을 느끼게 해 주었다.

사실 홍겨운 멜로디였지만 가사는 연인들의 이별을 그리는 가사였기에, 한여진의 처연한 음색이 어찌 보면 가사와 딱 맞아떨어지고 있다고 보면 되었다.

'설마 저걸 노린 건가?'

하긴 천재성을 타고난 한여진이긴 했다. 서이서가 부른 노래를 듣고 즉석에서 반전을 염두에 둔 것이 분명했다.

'사람들의 허를 찌른 셈이군.'

사람들은 서이서가 귀엽고 사랑스러운 안무를 추면서 노래를 불러 댄 것에, 한여진도 그와 비슷한 연출을 할 것이라 여겼을 테니 말이다.

와아아아! 짝짝짝짝!

한여진 노래가 끝나자 엄청난 박수가 쏟아졌다.

한여진의 노래에 감동을 먹은 탓에 객석에 자리한 이들 대부분이 눈가가 축축하게 젖은 상태였다.

'이거 노래에서 최고점을 받게 되는 것은 아닐지 모르겠군.'

석기는 흐뭇하게 웃으며 무대의 한여진을 쳐다보다 슬쩍 서이서가 자리한 곳을 살펴봤다.

[와아아! 완전 감동! 저 아이 진짜 대단하다!]

서이서는 자신보다 더 높은 점수를 받았을지도 모르는 한여진을 순수하게 감탄하고 있었다.

저러기 쉽지 않은 일일 터. 그걸 보면 인성이 상당히 좋은 편임을 알 수 있었다.

'서이서 소속사가 없는 상태가 확실하다면 유토피아엔터에 영입해도 괜찮을 듯싶군.'

유토피아엔터 가수로는 정나우와 한여진이 있지만, 만일 걸그룹을 육성할 목적이라면 둘보다는 서이서 같은 인물이 한 명 더 끼어 셋으로 활동하는 것도 그림이 좋긴 했다.

게다가 서이서는 안무에 최적화된 인물이니 팀의 분위기에도 좋을 것이라 생각했다.

'이런 지정 연기 차례로군.'

석기는 다시 무대에 집중했다.

노래가 끝난 한여진이 지정 연기에 들어간 것이다.

한여진은 그동안 오디션 준비로 따로 연기 연습을 하지 않았지만, 톱급배우인 민예리가 한여진의 연기를 인정할 정도였다.

"언니! 난 가수가 되고 싶어! 저 하늘의 별처럼 반짝반짝 빛내는 별이 되고 싶어!"

한여진 대사가 흘러나왔다.

연기 지도를 받은 경험이 전혀 없는 한여진이었지만 딕션이나 발성에서 거부감을 느낄 수가 없이 아주 자연스러웠다.

게다가 대사를 모두 외웠는지 막힘없이 대사가 이어졌다.

"나를 위해서 열심히 노력하는 언니에게 늘 미안하게 생각해. 하지만…… 난 공부보다 노래를 부를 때가 가장 행복하단 말이야. 나 대학 포기하고 기획사에 들어갈래. 그러니 언니도 나를 설득하려고 하지 마. 나 이제 어린애 아니니까."

심지어 표정 연기까지 나무랄 데가 없었다. 언니를 향한 미안한 마음이 절절하게 느껴졌고, 당찬 포부를 얘기할 때는 눈빛에서 빛이 뿜어져 나올 정도로 단단해 보였다.

'민예리 배우가 왜 한여진을 인정했는지 알 것도 같군. 이거 한여진을 가수보단 배우를 시켜야 하는 거 아닐까?'

석기가 속으로 피식 웃었다.

배우로서도 재능을 타고난 한여진이긴 했지만 그녀는 가수를 꿈꾸고 있는 것을 잘 알고 있지 않는가.

와아아아! 짝짝짝짝!

한여진 연기가 끝나자 이번에도 객석에서 커다란 박수가 쏟아졌다.

객석의 반응도 점수에 속할 터.

이렇게 되면 노래와 연기, 두 가지에서 한여진이 최고점을 받은 것이라 볼 수 있었다.

'공개 오디션인 것이 정말 다행이군. 이렇게 확실하게 실력을 보여 주었으니 한여진이 조연 배역을 차지해도 누구도 빈정대지 못할 거야.'

그때 무대에서 내려오면서 한여진이 석기가 자리한 곳을 향해 손가락으로 브이 자를 그리며 해맑게 웃었다.

❀

"오디션 결과를 발표하겠습니다!"

오디션이 모두 끝났다.

MB방송국에서는 뜸을 들일 필요 없이 참가자들이 모두 모인 자리에서 오디션 결과를 발표했다.

"MB방송국 〈오늘부터 파이팅!〉의 조연 배역은 한여진 양으로 선택되었습니다! 노래와 연기, 두 가지 모두 최고점을 받았습니다! 또한 객석의 반응도 마찬가지입니다!"

사회자의 발표에 한여진은 그만 기쁨의 눈물을 터트리고 말았다.

오디션에 임할 때는 누구보다 당당한 태도를 보였지만, 막상 오디션 결과 발표를 듣자 감정이 벅차오른 탓이다.

"여진 양! 조연 배역을 차지한 것을 진심으로 축하 드려요! 이제부턴 꽃길만 걷게 될 겁니다!"

석기는 눈물을 흘리는 한여진의 곁으로 다가가 진심으로 축하해 주었다. 그도 한여진이 조연 배역을 차지할 것을 속으론 눈치채고 있었지만, 진짜로 배역을 따내자 너무 기분이 좋았다.

"감사합니다, 대표님! 모두 대표님 덕분이에요. 정말 너무 감사합니다! 은혜 절대 잊지 않을 거예요. 흐윽!"

석기의 축하 인사에 한여진은 더욱 가슴이 벅차올라 계속 눈물이 흘러나왔다.

과거의 기억이 떠올랐다.

세상에 쓸모없는 존재라 여겼고 자신에 대한 저주까지 퍼부었다.

그랬던 그녀가 유토피아 힐링센터를 통해 인생이 달라졌다.

만일 그곳의 케어를 받지 못했더라면 이런 일은 꿈도 꿔 보지 못했을 것이다.

찰칵찰칵! 번쩍번쩍!

기자들도 석기와 한여진 주위로 몰려와 플래시를 터트리고 인터뷰를 시작했다.

"한여진 양! 조연 배역을 따낸 것을 축하드립니다! 오늘 오디션에서 부르신 노래 감명 깊게 들었습니다. 한데 앞서 참가자가 부른 노래를 똑같이 택하신 이유가 뭐죠?"

"앞서 참가자 분이 너무 노래를 달콤하게 잘 부르셔서 반했어요. 그래서 저도 한번 불러 보고 싶다는 생각을 하게 되었고요. 같은 기법으로 노래를 부르면 재미가 없을 것이라 생각해서 좀 다르게 불러 본 건데 다들 좋게 봐주셔서 너무 감사하게 생각합니다."

"본래 가수가 목표였다고 알고 있는데 연기를 몹시 잘하시더군요. 혹시 배우가 될 생각은 없으신 건가요?"

"연기도 재미는 있지만 제 본래 꿈은 가수입니다. 노래가 더 좋거든요."

한여진에게 집중했던 기자들이 이번엔 석기에게도 마이크를 내밀었다.

"유토피아엔터 소속인 두 명의 배우가 이번 작품의 여주인공과 조연 배역으로 출연하게 되었습니다! 어떤 비결이라도 있으신 겁니까?"

기자들도 객석에서 직접 오디션 과정을 지켜보았기에 한여진이 조연 배역을 차지한 것은 실력으로 뽑힌 것이라 여기는 눈치였다.

"저희 소속 배우님들이 타고난 재능도 있겠지만 유토피아 힐링센터! 그곳이 바로 비결이라 볼 수 있습니다!"

기자가 이번엔 한여진에게 물었다.

"한여진 양! 방금 신석기 대표님 말씀 들으셨죠? 유토피아 힐링센터가 비결이라는 것에 동의하시나요?"

"네! 맞아요! 그곳이 아니었다면 저는 지금 이 자리에 서 있지 못했을 테니까요."

"그곳에 대해 좀 더 소상히 알려 주실 수 있을까요?"

"그건 곤란합니다! 유토피아 힐링센터를 이용하려면 유토피아엔터에 영입되거나 대표님께 초대받는 방법이 있다고 알고 있지만요. 그런 점에서 저는 아주 큰 행운을 얻게 된 셈입니다."

기자 하나가 은근한 눈빛으로 석기에게 마이크를 내밀었다.

K연예매거진 기자였다.

그곳 소속인 이소영 기자가 일이 있어서 대신 다른 기자가 오디션장을 참석한 것이다.

"방금 KB방송국도 오디션이 끝났다고 들었습니다. 그곳도 마침 오디션 결과가 발표되었다고 하는데 한여진 양과 같은 학교 학생이 조연 배역을 차지했다고 하더군요. 혹시 신석기 대표님께선 진수아 양에 대해 알고 계시는지요."

석기는 기자를 통해 KB방송국 오디션을 봤던 진수아도 조연 배역을 따낸 것을 알게 되었다.

K연예매거진에서 석기를 돕고자 이리 나왔을 터.

어차피 진수아 문제는 언젠가 터질 것이라 짐작하고 있었기에 이번 기회에 밝히는 것도 좋았다.

"알고 있습니다."

기자가 눈빛을 반짝이며 다시 질문을 이어 갔다.

"진수아 양이 유토피아엔터에 영입되기를 원했지만 신석기 대표님께서 진수아 양을 거절하셨다는 말이 있던데 사실입니까?"

"네, 사실입니다."

"진수아 양을 거절한 이유가 뭐죠?"

"진수아 양은 저희 유토피아와 상성이 좋지 않아서 거절했습니다."

"상성이 좋지 않다? 그걸 어떻게 구분하는지 모르겠지만, 하면 오늘 오디션 참가자 중에서 유토피아와 상성이 좋은 연기자가 있을까요?"

기자의 말에 석기가 빙그레 웃었다.

"네! 저희 유토피아와 상성이 좋은 분이 한 명 있긴 합니다!"

"그분이 대체 누구죠?"

기자의 질문에 석기가 이곳의 인터뷰를 지켜보고 있던 서이서 주위로 성큼성큼 움직이기 시작했다.

사람들은 호기심을 갖고 돌아가는 상황을 주시했고, 서이서는 다가오는 석기를 깜짝 놀란 눈으로 쳐다봤다.

"서이서 양! 전 유토피아 대표 신석기입니다! 소속사가 없다면 저희 유토피아엔터에 영입하고 싶은데, 어떤가요?"

"저, 저를 말인가요?"

"네! 서이서 양이라면 저희 유토피아와 상성이 매우 좋을 것이라 생각합니다. 배우를 원한다면 배우로, 가수를 원한다면 가수로, 어느 쪽이든 서이서 양이 원하는 쪽으로 지원해 줄 것입니다."

"그, 그럼 저도 힐링센터에서 케어해 주시는 건가요?"

"물론입니다."

석기의 미소에 서이서는 이게 꿈인가, 생시인가 구분이 되지 않아서인지 멍해 보였다.

유토피아 힐링센터.

그녀도 그곳에 대한 소문을 들었다.

[너무 좋아! 내가 유토피아엔터에 영입되다니.]

서이서는 붉게 상기된 얼굴로 석기를 향해 고개를 숙였다.

"저를 유토피아엔터에 영입해 주셔서 너무 감사합니다! 열심히 하겠습니다!"

서이서 인사에 석기는 흐뭇하게 웃었다.

오늘 오디션에서 얻은 것이 많았다.

한여진이 조연 배역을 따냈다.

거기에 재능도 뛰어나고 인성도 좋은 서이서를 유토피아엔터에 영입하게 되었으니 말이다.

✦

진수아를 태운 차량.

KB방송국 오디션을 마치고 집으로 돌아가는 길이다. 운전석에 자리한 매니저가 뒷좌석에 앉은 진수아를 의식한 듯이 룸미러를 힐끗 쳐다보며 말했다.

"수아 양! 조연 배역 따낸 거 진짜 축하드려요! 수아 양 연기에 심사 위원들도 크게 감탄했을 정도로 정말 멋진 연기였어요!"

"고마워요."

"근데 MB방송국도 오디션 결과가 나왔다고 하던데요. 들었는지 모르겠지만 그곳도 완전 대박인 거 있죠?"

"그게 무슨 소리죠?"

"수아 양과 같은 반 아이도 오디션을 봤다고 했죠?"

"한여진 말인가요?"

"맞아요. 한여진! 그 애도 조연 배역에 캐스팅되었다죠?"

진수아 눈빛이 일그러졌다.

설마 했는데 한여진이 뽑힌 것이다.

"한여진이 정말 조연 배역을 차지했다고요?"

"네! 그쪽 오디션에선 자유연기 대신에 노래를 봤다고 하더라고요. 근데 한여진 그 애가 노래랑 연기에서 최고점을 받았대요."

"노래랑 연기에서 최고점을?"

"하하! 수아 양과 같은 반이라니 정말 잘되었지 않나요?"

"잘되었네요."

전혀 감정이 실리지 않은 건조한 진수아의 대답에도 매니저는 그걸 눈치채지 못하고 흥분된 어투로 계속 말을 이어

나갔다.

"근데 더 재미있는 건 MB방송국 오디션에 참가했던 연기자 하나가 유토피아 대표에게 잘 보여서 그런지, 즉석에서 유토피아엔터에 영입이 되었다죠?"

"오디션 참가자가 유토피아엔터에 영입이 되었다고요?"

"네! 수아 양보다는 나이가 두 살 많은 대학 새내기라고 하는데요. 한여진 다음으로 높은 점수를 받은 참가자라서 그런지 유토피아 대표가 욕심을 부린 모양이더라고요."

매니저의 말을 들은 진수아가 거머쥔 주먹을 부르르 떨어 댔다.

'미친 거 아냐? 감히 나를 거절한 주제에 다른 참가자를 유토피아엔터에 영입했다고?'

실은 진수아도 유토피아엔터에 영입이 되고 싶어 직접 유토피아를 찾아가 석기와 대면도 했지만 차갑게 거절당했다.

심지어 서말숙 작가의 조연 배역을 따내는 것을 유토피아 영입 조건으로 걸기까지 했는데도 말이다.

'이이익! 두고 봐! 나를 거절한 것을 뼈저리게 후회하게 만들어 주고 말 테다!'

차창으로 고갤 돌린 진수아의 서늘한 태도에 매니저가 눈치를 보듯이 입을 꾹 다물었다.

'수아 양에게 괜히 말했나?'

아직은 진수아의 실체를 알지 못하는 매니저로선 진수아

를 천사표로 오해하고 있었다.

그랬기에 성품이 선한 진수아로 착각하여 같은 반 아이가 MB방송국 오디션 조연 배역을 차지한 것을 알려 주면 크게 기뻐할 것이라 여겼는데 칭찬은커녕 분위기가 영 싸했으니 말이다.

❀

다음 날.

주말이었지만 대표실에 출근했다.

석기는 유토피아 대표실로 기획사 사장인 채현우와 소속 가수인 정나우를 불렀다.

정나우와 함께 대표실로 들어선 채현우는 먼저 와서 소파에 앉아 있는, 한여진을 향해 기쁜 표정으로 축하 인사를 했다.

"여진 양! 축하해요! 역시 여진 양이 뽑힐 줄 알았어요! 이렇게 되면 서 작가님 드라마 여주와 조연 배역을 우리 유토피아에서 차지하게 되었네요!"

"저도 예리 언니와 함께 연기를 하게 되어 기쁘게 생각해요."

채현우는 서이서도 이곳에 참석한 상태였기에 이번엔 그녀에게 관심을 보였다.

"서이서 양. 유토피아엔터의 식구가 된 것을 진심으로 축하해요. 서이서 양 운이 아주 좋았어요. 유토피아엔터 아무나 들어올 수 있는 곳이 아니거든요."

"잘 알고 있습니다. 대표님께 정말 감사하게 생각하고 있어요. 앞으로 많은 지도편달 부탁드립니다, 사장님!"

서이서와 인사를 나눈 채현우가 함께 대표실로 온 정나우를 향해 말했다.

"그럼 서이서 양보다 우리 나우 양이 나이가 한 살 더 많으니 가장 언니겠네요?"

"네! 맞아요! 흐흐!"

정나우가 흐뭇하게 웃었다.

채현우와 대표실로 오면서 대충 얘기를 들었다. 서이서도 한여진처럼 배우보다는 가수가 되는 것이 꿈이라는 것을.

정나우가 서이서를 향해 자신을 소개하듯이 나왔다.

"내 이름은 정나우! 나이는 스물한 살! 유토피아엔터에 들어온 것을 축하해! 앞으로 잘 지내 보자!"

"네! 잘 부탁드려요, 나우 언니!"

역시 인성이 좋은 서이서답게 분위기에 금방 젖어들었다. 정나우도 서이서가 싫지 않은 기색이었고, 셋 중에서 가장 막내인 한여진은 말은 별로 없었지만 표정이 밝아 보였다.

"인사 나눴으면 다들 소파에 앉아 봐요."

"넵!"

유토피아 대표인 석기의 말에 채현우가 정나우를 데리고 빈자리로 앉았다.

"흐음."

석기는 침음을 삼키며 소파에 자리한 세 사람을 쳐다봤다.

정나우, 한여진, 서이서.

사람의 인연이라는 것이 참으로 묘하다는 느낌을 받았다.

셋이 한자리에 모여 있는 것을 보니, 이상하게 언젠가는 만나게 될 인연이 당연하게 이곳에 모인 것처럼도 느껴진 것이다.

"여러분을 이곳에 부른 이유는 서로 인사를 시킬 목적도 있었지만, 앞으로 여러분의 진로를 확실하게 정하기 위해서입니다. 저는 여러분을 유토피아엔터의 3인조 걸그룹으로 육성할 계획입니다. 혹시라도 걸그룹으로 활동하는 것이 마음에 들지 않는다면 솔로로 가수 활동을 해도 상관없습니다."

말을 마친 석기가 정나우, 한여진, 서이서의 얼굴을 쳐다봤다.

[3인조 걸그룹? 이제야 뭔가 안정적인 느낌이다. 여진이랑 2인조로 활동해도 나쁘진 않지만 그래도 안무에 특화된 한 명이 있으면 더 좋겠다고 생각했는데, 진짜 너무 잘됐어.]

이건 정나우 생각이었다.

어른스러운 구석이 있는 정나우는 동생들이 둘이나 생겨서 지금 기분이 너무 행복했다.

[이서 언니가 끼니까 뭔가 딱 차는 느낌이다. 역시 우리 대표님은 완전 짱이야! 얼굴도 잘 생기시고 능력도 뛰어나시고. 이서 언니를 오디션장에서 영입할 생각을 하다니 진짜 대박이었어! 흐흐!]

이건 한여진 생각이었다.

겉으론 말수가 적은 것처럼 보였지만, 속내는 아주 시끄러운 면도 없지 않았다. 오디션에서 서이서를 좋게 평가했던 한여진이었기에 서이서를 유토피아엔터에 영입한 것을 만족스럽게 여겼다.

[나우 언니도 좋고 여진이도 좋고. 정말 운이 좋았어! 3인조 걸그룹이라니. 너무 꿈만 같아! 신석기 대표님! 레알 감사합니다! 히히!]

이건 서이서 생각이었다.

귀여운 동안으로 오히려 한여진보다 어려 보일 정도였다. 순수한 서이서는 3인조 걸그룹을 육성하겠다는 석기를 크게 찬양하는 분위기였다.

"다들 별말이 없는 걸로 보아선 3인조 걸그룹으로 활동하 겠다는 의미로 받아들여도 좋겠죠?"

"넵! 좋아요!"

"저도요!"

"시켜만 주신다면 영혼을 갈아 넣겠습니다!"

셋의 활기찬 분위기에 채현우가 흐뭇하게 웃는 얼굴로 석 기를 쳐다봤다. 유토피아엔터의 첫 번째 걸그룹이 될 아이들 이었기에 그룹명을 정하는 것이 필요했다.

"신 대표님! 그럼 말이 나온 김에 이 자리에서 아예 그룹 명을 정하는 것은 어떻겠습니까?"

"그럽시다. 다들 의견이 있으면 말해 봐요."

"그게……."

"……."

"음……."

그룹명을 함부로 정할 수 없었기에 셋이 잠시 생각에 잠겼 다. 그러다 정나우가 석기를 쳐다봤다.

"저희들 그룹명을 대표님께서 정해 주시면 안 될까요?"

"내가?"

"넹! 대표님이 지어 주신 그룹명으로 활동하면 저희들 왠 지 행운 만땅일 것 같거든요! 히히!"

"맞아요!"

"저도 콜!"

셋이서 일제히 짜기라도 한 것처럼 힘차게 고갤 끄덕거렸다.

채현우도 셋의 의견에 동참했다.

"저도 콜입니다!"

모두가 이렇게 나오자 석기는 슬쩍 고민이 되었다.

이럴 경우는 블루의 자문이 필요했다.

'블루, 3인조 걸그룹 그룹명으로 그럴싸한 호칭이 없을까?'

-아우라는 어떨까요?

'아우라?'

-셋 다 아우라가 강렬한 편이니 잘 어울릴 듯싶습니다.

'좋아. 그걸로 정하지.'

석기가 기대에 찬 셋을 바라보며 블루가 정해 준 그룹명을 밝혔다.

"그룹명으로 〈아우라〉는 어떨까? 내 눈엔 세 사람 모두 반짝반짝 빛이 나는 것처럼 보이니 말이지."

"와! 완전 마음에 들어요!"

"저도요!"

"저도 좋아요!"

"저도 좋습니다!"

모두가 석기가 정한 〈아우라〉를 흔쾌히 찬성했다.

그렇게 유토피아엔터의 첫 번째 걸그룹 호칭은 〈아우라〉
로 결정되었다.

※

주말이 지나 월요일이 되었다.

학교에 등교를 한 한여진의 곁으로 민주영이 다가왔다.

"야! 너 조연 배역 차지했다면서?"

민주영은 한여진이 모습이 달라진 후에도 계속 그녀를 똥
보 괴물로 불렀는데, 오늘은 무슨 이유인지 그걸 생략했다.

"추, 축하해!"

민주영이 수줍게 축하를 해 주었다.

"저번에 음악실에서 나보다 노래를 잘 부른 것을 보고……
실은 너라면 뽑힐 줄 알았어."

"축하해 줘서 고마워."

민주영이 힐끗 교실 문 쪽을 쳐다보다간 다시 한여진을 향
해 아주 중요한 정보를 밝히듯이 긴장한 태도로 말했다.

"진수아가 널 밟아주겠다고 벼르고 있는 모양이니 조심
해. 수아 개 완전 겉과 속이 다르거든. 겉으론 천사처럼 굴지
만 속은 전혀 그렇지 않아. 아마 널 죽이고 싶을 거야."

"넌 수아랑 절친 아냐? 그런 말을 해 줘도 괜찮아?"

"상관없어. 어차피 수아는 날 진짜 절친으로 생각하지

않을 테니까. 물론 나도 그렇지만. 그리고 나 다음 달에 유학 가."

"유학?"

"그동안 너한테 못되게 군 거. 미안하게 생각해. 앞으로 행복하게 잘살아. 어어? 수아 온다!"

민주영이 후다닥 한여진에게서 멀어졌다. 진수아를 향해 움직이는 민주영을 바라보던 한여진은 기분이 이상했다.

민주영에게 사과를 받은 것이다.

반의 여학생들 중에서 가장 한여진을 괴롭혔던 민주영에게서.

그런데 방금 한여진에게 사과를 했던 민주영은 등교를 한 진수아와 웃으며 대화를 나누고 있었다.

"수아야! 이제 너 TV에 나오겠네? 완전 좋겠다!"

민주영과 얘기를 나누던 진수아가 한여진이 자리한 곳을 쳐다봤다. 물끄러미 한여진을 주시하던 진수아가 고갤 돌렸다. 그걸 눈치챈 민주영 눈빛이 야릇하게 반짝였다.

"한여진 쟤도 오디션 통과했다지? 이렇게 되면 우리 반에서 둘이나 TV에 나오게 되는 건가? 맞다! 드라마도 같은 시기에 편성된다면서? 오홀! 이렇게 되면 둘이 라이벌이 된 셈인가?"

"라이벌?"

"예전에는 물론 수아 너 상대도 되지 못했지만 한여진 이제 완전 달라졌잖아. 외모도 그렇지만 쟤 연기력도 장난 아니래. 시청률에서 밀리면 쪽팔릴 거 아냐. 그러니 긴장해야 할 거야."

민주영은 해맑은 얼굴로 진수아를 긁어 댔다. 확실히 둘은 진짜 절친의 사이가 아님은 분명했다. 어쩌면 민주영은 한여진을 괴롭히지 못하니 진수아의 신경을 긁는 것으로 스트레스를 풀고 있는 듯싶었다.

그런 민주영 행동에 자극을 받았는지 진수아가 한여진에게 다가와 잠시 밖으로 나가자고 제안했다.

그렇게 두 사람은 옥상 비상계단으로 향했다. 그곳에 도착하자 진수아는 한여진을 향해 악랄한 속내를 드러냈다.

"한여진! 오디션 통과했다고 세상이 네 손에 들어온 것 같지? 괴물뚱보나 다름없던 너야! 모습이 변했다고 그게 영원할 것 같아?"

격렬하게 한여진을 씹어 대는 진수아의 태도에도 한여진은 이미 그녀의 이중인격을 눈치채고 있었기에 태연히 나왔다.

"하고 싶은 말이 뭐야? 단둘이 보자고 한 걸로 봐선 하고 싶은 말이 있는 거 아냐?"

"맞아! 드라마 시청률이 낮게 나오는 쪽이 연예인 생활을 접는 것이 어때?"

"연예인 생활을 접으라고?"

"그래! 난 자신 있는데 넌 자신이 없나 보지?"

"하아!"

한여진이 기가 막힌다는 눈빛으로 진수아를 쳐다봤다.

그동안 아이들 사이에서 뚱보 괴물이라는 이유로 사람 취급도 제대로 안 해 주었던 한여진에 비해서, 진수아는 아이들 사이에서 고귀한 여왕처럼 군림했다.

그랬는데 한여진의 외모가 달라지면서 아이들이 진수아를 추앙하는 분위기가 깨지자 참을 수 없었던 모양이었다.

그러니 이런 도발을 했을 터. 석기와 상의 없이 일을 저지르는 것이 마음에 걸리긴 했지만, 한여진은 진수아의 도발에 물러날 수 없다고 판단했다.

"좋아! 그러자!"

❀

유토피아 대표실.

석기는 맞은편에 자리한 한여진을 향해 확인하듯이 물었다.

"그러니까 진수아가 드라마 시청률을 놓고 여진 양과 내기를 했다 이건가요?"

"대표님과 상의 없이 제 마음대로 일을 벌여서 정말 죄송해요. 하지만 수아의 그런 제안을 듣고도 가만히 있는 것은

더없이 좋은 기회다 175

제가 자신이 없다는 것을 인정하는 꼴이나 마찬가지잖아요.
그리고 무엇보다 중요한 건 이왕 드라마를 찍기로 한 이상
저도 수아에게 절대 지고 싶지 않기도 했고요."

말을 마친 한여진이 입술을 꼭 깨물었다.

진수아에게 지고 싶지 않다는 강한 집념이 느껴졌다.

석기는 그런 한여진에게 질책보다 응원이 더 필요하리라
여겼다.

"잘했어요!"

"네에?"

"여진 양이라면 충분히 잘해 낼 거라고 믿어요. 그러니 기
죽지 말고 열심히 해 봐요."

"아! 대, 대표님! 정말…… 감사합니다!"

한여진은 자신을 믿어 주는 석기의 모습에 눈물까지 글썽
였다.

진수아와의 내기에서 패하게 될 경우 연예인 활동을 접어
야 할 지 모른다.

하지만 회사의 불이익에도 아랑곳하지 않고 한여진을 응원
해 주는 석기의 태도에 그만 그녀는 크게 감격하게 되었다.

[너무 멋지시다! 신석기 대표님을 만난 것은 나에게 정말
커다란 행운이다. 대표님이 믿어 주신 기대 저버리지 않도
록 정말 열심히 해야겠다.]

한여진의 흥분한 속마음이 들렸다.

석기는 그걸로 충분했기에 피식 웃었다.

드라마 시청률을 가지고 내기를 한 것.

자신이 세상에서 최고로 잘난 존재로 여기고 있던 진수아 입장에선 충분히 제안했을 일이었다.

단지 마음에 걸리는 일은 한여진과 진수아의 시청률 내기는 분명 명성의 회장인 오장환 귀에도 들어가게 될 것이란 점이다.

오장환의 비열한 성격에 정정당당하게 승부를 가리는 일은 결코 없을 테니, 진수아가 출연한 드라마가 흥행에 성공하도록 갖은 수작을 부릴 것이 뻔했다.

"대표님! 그럼 이만 가 볼게요."

"그래요."

한여진이 돌아갔다.

대표실에 혼자 남은 석기.

한여진과 진수아의 경쟁은 이제 유토피아와 명성의 싸움이 되어 버린 셈이었다.

한여진이든 진수아든 드라마 시청률이 낮게 나온 경우, 연예인 활동을 접게 된다.

과거에 국민 여배우로 불리던 백유란의 딸인 진수아.

오장환은 진수아를 명성엔터의 간판스타로 키울 작정일 테니 쉽게 놓치려 들지 않을 터.

'오장환이라면 진수아를 어떤 식으로 띄울지 안 봐도 비디오야. 아마 드라마가 방영되기 전에 여러 CF에 진수아를 등장시켜 대중에 노출시키려 들 것이 뻔해.'

진수아는 대중 입장에선 얼굴이 전혀 알려지지 않은 생 초짜 신인배우에 불과했다.

하지만 드라마가 방영되기 전에 여러 CF를 찍어서 대중에 친숙한 이미지로 다가간다면 시청률을 올리는데 효과가 있긴 할 터.

'그렇다고 한여진도 똑같이 CF를 찍게 하는 것은 답이 아니다. 어차피 드라마가 뜨게 되면 CF는 자동적으로 들어올 테니까. 그런 의미에서 한여진이 〈아우라〉 멤버인 것을 고려하면 드라마 OST로 승부를 보는 것이 우리로선 답이야.'

❈

잠시 후.

채현우가 대표실로 들어왔다.

유토피아엔터 바지사장인 채현우 호칭은 사장으로 정했다.

같은 대표라 부르기엔 헷갈리는 구석도 있고 해서. 하여간 한여진에 관한 일은 채현우도 알아야 했기에 이리 부른 것이다.

"그런 일이 있었군요. 저도 최선을 다해서 여진 양이 드라마를 촬영하는데 지장이 없도록 각별히 신경을 기울이도록 하겠습니다."

"다행히 민예리 배우님이 여진 양과 함께 드라마에 출연하게 되어 한편으론 안심이 되네요."

"그건 그렇습니다. 여진 양이 출연하는 장면이 대부분 예리와 함께 하는 장면이니 여진 양도 다른 배우들과 찍는 것보단 심리적인 부담이 덜할 겁니다. 그리고 예리에게도 좀 더 여진 양을 신경 쓰도록 전달하겠습니다."

"그래 주시면 좋겠네요. 그리고 이건 〈아우라〉에 관한 내용인데요. 유토피아 첫 걸그룹인 〈아우라〉는 내년 하반기에 데뷔를 생각하고 있습니다."

채현우가 놀란 눈으로 석기를 쳐다봤다.

보통 기획사에서 걸그룹을 육성하여 데뷔까지 걸리는 기간을 생각하면 너무 빠르다고 볼 수 있었으니까.

[하긴 〈아우라〉 멤버들의 뛰어난 재능을 생각하면 내년 데뷔도 불가능한 일은 아니긴 하지. 게다가 유토피아엔 신 대표님이 계시니 불가능도 가능하게 만드실 거야.]

채현우의 긍정적인 속마음을 들은 석기가 다시 대화를 이어 나갔다.

"저는 〈아우라〉 데뷔 전에 먼저 정나우 양이 만든 노래로 여진 양의 솔로 곡을 노출시킬 생각입니다."

정나우가 작사, 작곡을 했던 노래를 한여진이 불렀고, 그걸 녹음한 데모 곡을 서말숙 작가와 드라마 제작팀에 들어보라고 보냈다.

반응은 아주 좋았기에, 이변이 없는 한 드라마 OST로 나올 예정이다.

하지만 석기는 그걸로 성이 차지 않았다.

어차피 한여진이 드라마를 찍게 된 이유는 노래가 목적이었기에, 석기는 가급적 드라마를 이용하여 한여진의 가창력을 어필할 필요가 있다고 생각했다.

다행히 MB방송국 사장 한성후의 딸이라는 인맥이 이럴 때 도움이 되었다.

유토피아 첫 걸그룹 〈아우라〉.

딸바보 한성후는 딸이 속한 〈아우라〉가 누구보다 성공하기를 바라는 사람이었고, 한여진과 같은 멤버인 정나우와 서이서의 재능이 뛰어나다는 것에 한성후는 전폭적으로 〈아우라〉를 밀어줄 기세였다.

석기는 그걸 이용할 생각이었다.

한성후란 인맥을 이럴 때 사용하라고 있는 것이니 말이다.

"저는 〈아우라〉 멤버들이 함께 부른 노래도 드라마 OST로 나오도록 만들 생각입니다."

"그렇게만 된다면 〈아우라〉가 내년 하반기에 데뷔하는 것은 전혀 지장이 없을 겁니다."

서말숙 작가의 〈오늘부터 파이팅!〉은 유토피아 첫 걸그룹인 〈아우라〉가 드라마 시청률을 올리는 데 훌륭한 견인 역할을 하게 될 터.

오장환이 CF로 진수아를 띄운다면, 석기는 한여진이 속한 〈아우라〉로 드라마의 흥행을 성공하게 만들 작정이었다.

"실은 안 그래도 정나우 양이 곡을 하나 더 만든 것이 있습니다. 멤버들이 함께 부르면 좋은 곡이라 생각하여 대표님께 들어 보라고 전달하려 했는데 마침 잘되었군요."

채현우가 품에서 USB를 꺼냈다.

정나우가 만든 노래가 USB 안에 담겨 있다고 했다.

"한번 들어 보죠."

채현우가 건넨 USB를 노트북에 연결했다.

멜로디가 흘러나왔다.

전에 한여진이 혼자 부른 노래에 비해서 이번 곡은 확실히 셋을 겨냥한 노래임을 알 수 있었다. 〈아우라〉 멤버들의 개성을 잘 살린 곡이라 여겨졌다.

곡의 분위기를 전달하기 위해 정나우가 직접 붙인 가사를 흥얼거리며 노래를 불렀지만, 멤버들이 파트별로 나눠서 부른다면 더욱 듣기가 좋을 것이다.

멜로디가 멈췄다.

순간 석기의 눈앞에 황홀한 아우라가 넘실거렸다.

'노래에도 아우라가?'

정나우가 만든 곡.

성공할 가능성이 높다는 의미.

석기가 환하게 웃는 낯으로 채현우를 쳐다봤다.

"노래가 아주 마음에 드네요. 〈아우라〉 멤버들이 파트별로 나눠서 부르면 더욱 듣기 좋을 겁니다."

"그럼 내일부터 당장 〈아우라〉 멤버들에게 이 노래를 연습하게 해서 빠른 시일 안에 데모곡을 준비토록 하겠습니다."

"그러세요."

지이잉!

그때 석기 핸드폰이 진동음을 토해 냈다.

갤로리아 백화점 최대 주주인 서연정의 전화였다.

채현우는 석기가 편하게 전화를 받도록 얼른 자리에서 일어섰다.

"그럼 저는 나가 보겠습니다."

채현우가 대표실에서 나가자 석기는 서연정과 통화를 나눴다.

"오랜만이네요, 서 여사님!"

-그러게요. 엔터 사업까지 하려니 아주 바쁘시겠어요. 지금 통화 괜찮아요?

"물론입니다."

-연말에 중국에 갤로리아 백화점을 오픈하기로 했잖아요. 그곳의 오픈식에 한국 가수를 초대해서 축하노래를 부르도록 하면 좋을 듯싶어서요.

"한국 가수요?"

-신 대표님 기획사 가수들을 초대해도 좋고요.

"흐음, 제안은 정말 감사하지만 저희 소속 가수들은 아직 신인이라서 말이죠. 중국에서 축하 노래를 부르기는 좀 그렇지 않을까요?"

-그건 상관없어요. 저야 신 대표님의 안목을 믿고 있거든요. 이번 기회에 유토피아엔터의 소속 가수들을 중국에 알릴 겸 띄워 줄 목적으로 초대하는 거니까요. 호호!

"그렇다면 생각해 보고 내일까지 말씀드릴게요."

-그러세요.

석기는 서연정과 통화가 끝나자 잠시 생각에 잠겼다.

국내에서도 명품 백화점으로 입지를 구축하고 있는 갤로리아 백화점이었고, 그곳에 유토피아 제품인 연예인 비누와 릴렉스 향수가 최대 매출을 올리고 있었다.

그랬기에 중국에 오픈할 갤로리아도 마찬가지일 것이라 생각했다.

게다가 중국은 한국과 달리 제품의 가격을 배로 판매하게 될 테니 수익이 배가 될 것이다.

만일 중국의 갤로리아 오픈식에서 유토피아엔터의 걸그룹

인 〈아우라〉가 노래를 부른다면 그야말로 훌륭한 화젯거리가 될 것은 당연했다.

'그렇다면 갤로리아 오픈까지 보름 정도 남았다. 그 안에 〈아우라〉가 제대로 공연을 할 수 있는지가 문제다.'

석기는 주먹을 꽉 거머쥐었다.

이건 〈아우라〉로선 더없이 좋은 기회였다.

또한 진수아와 드라마 시청률 경쟁을 앞두고 있는 한여진을 위해서도 포기할 수 없었다.

진수아가 아무리 CF를 여러 개 찍어 대중에 얼굴을 알리는 일을 한다 해도, 중국에서 〈아우라〉의 노래가 히트를 친다면 게임 끝이었다.

물론 중국의 갤로리아 오픈식까지 보름밖에 남지 않았기에 그 안에 〈아우라〉가 무대에 서는데 지장이 없도록 하는 것이 문제이긴 했다.

하지만 다행히 석기에겐 유토피아 힐링센터가 있다는 점이었다.

그곳을 이용한다면 〈아우라〉 멤버들의 비주얼을 업그레이드시키는 것은 물론이거니와, 재능까지 한 단계 진화가 될 것이다.

'좋아. 해 보자. 이번에 정나우가 만든 노래를 중국에서 먼저 테스트 해 보는 셈 치면 되겠군.'

이번에 정나우가 만든 노래. 황홀한 아우라가 흘러나올 정도였기에 믿어도 좋을 터.

중국을 사로잡아 〈아우라〉의 가치를 부각시키고, MB방송
국 드라마의 OST로 사용한다면 화제를 이끌어 내기에 아주
그만일 것이다.

✤

다음 날 오후.

석기는 녹음 스튜디오에 내려왔다.

정나우가 만든 노래로 중국에서 〈아우라〉가 노래를 부르
기 위해선 시간이 별로 없었다.

하지만 그 전에 〈아우라〉의 생각을 들어 봐야만 했다.

석기는 멤버들 중에서 누구 하나라도 반대를 한다면 중국
의 갤로리아 백화점 오픈식에서 노래를 부르는 것을 하지 않
을 생각이었다.

"여러분의 의견을 듣고 싶어요. 중국에서 오픈할 갤로리
아 백화점의 오픈식에 서연정 여사님께서 여러분을 초대하
고 싶다고 하셨어요. 그곳에 참석하게 된다면 나는 이번에
정나우 양이 만든 노래를 셋이서 불렀으면 하는데, 만일 부
담이 된다면 솔직하게 말해 줘요."

석기의 말에 〈아우라〉 멤버들의 눈이 동그래졌다.

전혀 상상도 못했던 일이었기에.

[내가 만든 노래를 가지고 우리 멤버들이 중국에서 노래를 부른다고?]

[우리 대표님 완전 인맥 쩌신다! 중국에서 노래를 부르다니 재미있겠는데? 히히!]

[난 무조건 콜! 역시 유토피아엔터에 들어오길 잘했다! 중국이라니? 흐흐!]

정나우, 한여진, 서이서의 속마음을 통해 다들 중국에서 노래를 부르는 것을 긍정적으로 받아들이는 분위기임을 눈치챘다.

그렇다면 이제 보름 동안 이들을 중국의 무대에서 당당히 노래를 부를 수 있도록 만드는 일이 필요했다.

"다들 반대할 마음은 없는 듯싶군요. 그럼 중국 공연을 승낙하는 것으로 서연정 여사님께 전하겠어요. 참고로 오늘부터 여러분은 학교 가는 시간을 제외하고, 나머지 시간은 중국 공연을 위해 힐링센터에서 노래 연습에 들어갈 겁니다."

"대표님! 그럼 안무는 어떻게 하죠?"

"노래지도 강사와 안무 강사도 힐링센터에서 함께 활동할 겁니다."

석기의 말에 셋은 뛸 듯이 기뻐했다.

대성공을 거두다

명성미디어.

유토피아엔터 걸그룹 〈아우라〉에 대한 소식이 오장환 귀에도 들어갔다.

"유토피아 소속 걸그룹?"

"중국에서 공연한다고 합니다."

"고작 가수 지망생에 불과한 애들로 말인가?"

"아시고 계시겠지만 연말에 중국에 갤로리아 백화점이 오픈 됩니다. 오픈식에 유토피아 걸그룹이 초대를 받은 모양이고요. 그룹명은 〈아우라〉이고 3인조 걸그룹으로 아직 데뷔도 못한 연습생에 불과하지만, 서연정 이사의 특혜로 오픈식무대에 서게 되었습니다. 명품 백화점이니 초대된 이들의 배경도 무시 못 할 수준일 겁니다. 그러니 만큼 어쩌면 갤로리 아 오픈식에서 벌어진 일은 중국 전역으로 퍼져 나갈 수도 있습니다."

"빌어먹을 서연정!"

오장환 인상이 확 구겨졌다.

갤로리아 백화점이 중국에 오픈하는 것.

그건 오장환도 잘 알고 있는 일이다.

오장환을 밀어냈던 서연정이 유토피아를 물고 빨고 있다.

분노한 오장환의 눈치를 보던 남기택이 다시 입을 열었다.

"한데 문제는 수아 양이 경쟁을 선포했던 한여진이 〈아우 라〉의 멤버라는 점입니다. 듣자 하니 그 아이가 맡은 파트가 보컬이라 하니 더욱 눈에 띌 겁니다."

"만일 〈아우라〉가 중국 공연에 실패한다면…….''

"우리 명성으로선 오히려 잘된 일이죠. 하지만 반대로 공 연이 성공할 경우가 문제입니다. 그렇게 되면 CF로 수아 양 을 일찌감치 대중에 선보여 드라마 시청률을 견인 하고자 했 던 계획에 차질을 빚을 우려가 큽니다. 한류 열풍의 극성이 국내에도 영향을 미칠 것은 당연하니까요."

"그렇다면 중국 공연에 대비한 다른 대책을 찾아야만 하 네."

오장환이 나직이 침음을 삼켰다.

3인조 걸그룹 〈아우라〉.

유토피아엔터를 석기가 인수한 지 얼마 되지도 않은 상태에서 벌써 걸그룹을 론칭하게 된 것이 생각할수록 분통이 터졌다.

그것도 햇병아리에 불과한 가수 지망생들이다.

공연이 성공한다면 국내에서도 인기를 휩쓸 터. 특히 한여진이 출연한 드라마까지 영향을 끼칠 것은 당연했다.

'진수아를 중심으로 우리도 걸그룹을 만든다면?'

오장환이 고개를 저어 댔다.

본래 한여진은 가수가 꿈이라 〈아우라〉의 멤버가 되어도 상관없지만, 진수아는 가수보다는 배우로서 재능을 타고났다.

물론 진수아 비주얼이 워낙 뛰어나니 걸그룹의 센터를 시켜 입만 벙긋거리게 만들어도 되긴 했다.

'하지만 대충 흉내만 낼 바에는 차라리 안 하는 것만 못하다.'

괜히 실력이 없는 걸그룹을 육성해서 유토피아를 이겨 먹겠다고 나댔다가는 얻는 것보다 잃은 것이 더욱 많게 될 터였다. 아직 명성 입장에선 걸그룹 육성은 좀 더 시일이 필요했다. 자연스럽게 걸그룹 멤버들을 영입한 유토피아에 질투가 났다.

오장환이 주먹을 꽉 거머쥐고 눈을 부릅떴다.

"이렇게 된 이상 답은 하나야! 진수아가 찍을 CF를 시시한 것들은 모두 빼고 덩어리가 큰 것들로만 찍도록 섭외해 봐!"

"알겠습니다, 회장님!"

그러자 오장환 앞에서는 넙죽 대답을 하긴 했지만 남기택은 오장환 뜻을 따르기에 고민이 되었다.

'대형 CF를 어떻게 따낸다?'

사실 명성에선 이미 진수아가 드라마 촬영에 들어가기 전에 CF를 먼저 찍을 생각에 몇몇 기업과 합의가 된 상황이었다.

진수아가 과거에 국민 여배우로 불렸던 백유란의 딸이란 것과 명성에서 전폭적으로 밀어주는 배우라는 것에 기업들도 화제성이 있다는 것에 진수아 CF 모델 건을 긍정적으로 받아들인 탓이다.

하지만 문제는 진수아가 찍기로 한 CF들이 하나같이 신인들이 찍을 수 있는 가벼운 수준의 CF라 보면 되었기에, 한방을 노리기엔 뭔가 약했다.

'적어도 대중에 어필하려면 오성 전자나 미래자동차 같은 CF를 찍어야만 해. 하지만 대형 CF를 찍기엔 진수아의 인지도가 문제야. 대기업에 명함을 내밀 정도가 되려면 톱급배우 정도는 되어야 가능한데.'

그렇게 진수아가 찍을 CF에 대해 고민에 빠진 남기택이 복도를 걸어오고 있는데, 여자 화장실이 있는 방향에서 바짝 날이 선 목소리가 흘러나왔다.

"아줌마! 눈은 장식으로 달고 있는 거예요? 청소부면 청소부답게 조심해서 행동해야지 이게 대체 뭐예요!"

"정말 미안해요, 학생! 세면대 수압이 세서 물이 갑자기 확 쏟아지는 바람에……."

"미안하다고 사과만 하면 다야! 아줌마 때문에 내 옷이 젖었잖아요! 이익! 안 그래도 기분 더러워 죽겠는데 진짜 재수 없어!"

"미안해요, 학생. 휴지로 좀 닦아 줄 테니 기다려 봐요."

"치워요! 화장실에서 쓰던 더러운 휴지를 어디에 들이대려고 그래요? 저리 비켜요!"

"어어-!"

곧이어 화장실 밖으로 교복 차림새인 여자애가 화난 기색으로 씩씩거리며 튀어나왔고, 그 뒤로 잔뜩 위축된 기색인 청소부 아줌마가 손에 휴지를 들고 어쩔 줄을 몰라 하고 있었다.

여학생은 바로 진수아였다.

워낙 자기 관리에 철저한 편이라 평소 같으면 감정 조절이 잘되었을 테지만, 오늘은 무언가 진수아를 짜증 나게 만든 것이 있다 보니 그만 감정을 그대로 드러내고 만 것이다.

'저 애는?'

하필 진수아가 본성을 드러내는 모습이 남기택에게 포착된 것이다.

남기택은 여자 화장실 안에서 벌어진 일을 대충 유추할 수 있었다. 청소부가 실수로 세면대 물을 튀게 만들었고, 사과를 했음에도 진수아가 청소부를 함부로 대한 것임을.

남기택으로선 예의 바르고 선한 성품으로 생각했던 진수아의 두 얼굴을 보게 된 셈이었다.

하지만 화장실에서 나온 진수아는 남기택이 위치한 방향과 반대쪽으로 걸어갔기에 그를 발견하지 못했다.

멀어지는 진수아 뒷모습을 바라보던 남기택이 고개를 절레절레 저어 댔다.

'예쁘고 착한 아이로만 알았는데 그것이 가식이었다니.'

남기택은 진수아의 이중성을 알게 되었지만 오장환 회장의 지시를 거역할 수 없었다.

진수아를 위해 대형 CF를 따내야만 했다.

물론 대기업에서 가식 덩어리인 진수아의 본모습을 알게 된다면 광고 모델로 삼는 것을 좋게 생각할 리 없을 것이나, CF를 따내려면 진수아를 좋게 포장하는 수밖에 없었다.

'혹시 유토피아 대표가 진수아의 두 얼굴을 알고 상성이 좋지 않다는 핑계로 그녀를 유토피아엔터에서 영입하지 않은 건가?'

진수아가 처음에 선택한 곳.

그곳은 바로 유토피아엔터였다.

석기에게 거절을 당한 진수아가 다음으로 택한 것이 바로 명성엔터였다. 인성을 중시하는 유토피아 대표의 성향이었기에 진수아의 진면목을 눈치채고 차갑게 거절했을지도 모른다.

'근데 저 아이, 회장님은 왜 만나려는 거지?'

❀

회장실을 방문한 진수아.

예쁘장한 진수아의 방문에 오장환은 웃는 낯으로 그녀를 소파로 이끌었다.

"어서 와요, 수아 양! 오늘은 무슨 일로 찾아온 거죠?"

"유토피아엔터의 걸그룹인 〈아우라〉가 올해 연말에 중국에서 공연한다는 소식을 들었어요."

"흐음, 그래서요?"

"물론 정식 공연이 아님은 알아요. 중국에서 오픈할 갤로리아 백화점의 오픈식에 〈아우라〉가 초대되어 노래를 부른다죠?"

"그런데 그게 왜요?"

오장환은 시치미를 뚝 떼고 진수아의 얼굴을 지그시 쳐다봤다. 진수아의 성격상 지는 것을 몹시 싫어함을 이미 간파하고 있었기에 오장환은 진수아가 이곳을 찾아온 이유가 대충 짐작이 갔다.

"회장님께서도 알고 계실 것이라 생각해요. 유토피아 걸그룹 〈아우라〉에 속한 멤버 한 명이 저와 드라마 시청률 내기를 했던 한여진이라는 것을요."

진수아가 한여진을 언급한 순간부터 오장환의 어투가 자연스럽게 반말로 변했다.

"맞아. 알고 있지."

"알고 계시다면서 이런 식이면 좀 곤란하지 않겠어요?"

"곤란하다? 뭐가 말인가?"

"유토피아엔터에선 한여진을 중국에서 띄우고자 열심히 일하는데, 명성에서도 저를 위해서 뭔가를 해 줘야 하는 거 아닌가요?"

진수아의 불만 어린 태도가 오장환의 눈에는 귀엽게 다가왔다. 강한 승부욕을 가진 아이였다. 상대를 이기기 위해선 수단과 방법을 가리지 않을 터.

그건 오장환의 성향도 그러했다. 그랬기에 오장환은 진수아가 더욱 마음에 들었다.

"기다려 봐. 수아 양이 찍을 대형 CF를 알아보라고 남 실장에게 지시를 내렸으니 조만간 뭔가 답을 찾아오긴 할 거야."

"대형 CF면…… 오성전자 제품이나 미래자동차 같은 거 말인가요?"

"그 정도는 되어야 저쪽과 상대가 되지 않겠어? 중국에서 공연을 한다는데 말이지."

"그렇다면 저 회장님을 믿고 기다려 볼게요. 반드시 그럴 싸한 CF를 찍게 해 줄 거라고 믿어요."

진수아는 자리에서 일어나 화사하게 미소를 머금은 얼굴로 오장환을 향해 공손하게 인사를 했다.

아까 화장실에서 청소부를 싸가지 없이 대하던 태도와는 전혀 다른 태도였다.

※

명성 기획홍보팀.

비서실장 남기택의 지시에 직원들은 진수아가 찍을 CF를 알아보느라 여념이 없었다.

하지만 진수아가 신인이라는 것에 대형 CF를 맡기기엔 무리라고 판단했는지 오성그룹과 미래그룹에선 모두 진수아를 광고 모델로 삼는 것을 거절했다.

다음 날.

그것의 결과를 남기택은 오장환에게 보고했다.

"오성그룹과 미래그룹에서 진수아를 광고 모델로 삼는 것을 거절했단 말이지?"

"아직은 진수아 양이 신인이다 보니 대형 CF를 찍기엔 무리라고 판단했던 모양입니다."

"우리 명성에서 진수아를 간판스타로 키울 것임을 눈치채고도 거절을 당했단 말인가?"

"죄송하지만 그런 모양입니다."

"이놈들이⋯⋯!"

오장환은 짜증이 났다.

어제 회장실을 방문한 진수아가 잔뜩 기대를 하고 돌아갔다. 하지만 결과는 거절. 물론 오성과 미래를 제외한 다른 기업의 CF는 얼마든지 찍을 수 있었다.

하지만 진수아와 내기를 했던 한여진이 중국에서 공연을 하게 된 것에 중소기업의 CF 따위는 성에 차지 못했기에 오성이나 미래 같은 대형 CF만이 답이라고 생각했다.

그런데 오장환이 목표로 정한 양쪽 모두 진수아를 광고 모델로 삼는 것이 거절된 상태였다.

"흐음."

남기택의 보고에 짜증을 억누르며 잠시 생각에 잠겼던 오장환 회장의 눈빛이 사악하게 번들거렸다.

이렇게 되면 방법은 이제 하나밖에 없었다.

명성금융의 힘을 이용하는 것.

국내에서 현금 부자로 통하던 명성금융이다.

아무리 오성과 미래가 탄탄한 입지를 구축하고 있는 대기업이라 할지라도 사업을 하려면 자금은 항상 필요한 법이었다.

그랬기에 오성과 미래도 명성금융을 함부로 대하지 못했

다.

'이런 일로 장인을 끌어들일 수는 없다.'

오장환의 장인이 명성금융의 총수다.

하지만 이미 명성미디어 사업에 총수의 힘을 빌린 상태였기에 이런 시시한 일까지 도와 달라고 요청하기엔 그도 낯짝이 있었다.

'이번 일은 진태형 이사의 손을 빌리는 것이 좋겠군.'

다행히 진수아 부친 진태형이 명성금융의 이사다. 이번 일은 진태형을 이용하는 것이 좋겠다고 판단했다.

딸바보인 진태형이다. 딸 진수아의 일이라면 흔쾌히 나서 줄 것이라 여겼다.

역시 오장환 판단이 맞았다.

진수아 CF 문제를 언급하자 진태형은 흔쾌히 오성전자 사장을 만나 보겠다고 했다.

"금쪽같은 내 딸 수아가 뭐가 부족해서 오성과 미래의 CF를 찍지 못한다는 거야!"

진태형은 진수아가 아직 대중에 얼굴이 전혀 알려지지 않은 신인이라는 것을 알고 있음에도, 오성과 미래에서 CF를 거절했다는 소식에 크게 분노했다.

딸바보인 탓에 이성보다 감정이 앞선 탓이다.

"명성금융 전무이사 진태형입니다! 거두절미하고 말씀드리겠습니다! 제 딸이 오성의 냉장고 광고를 찍도록 해 주세요! 그렇게 해 주시면 저도 오성전자에 선물을 하나 드리도록 하죠!"

결국 딸바보 진태형은 오성전자의 사장에게 딜까지 했지만.

"저도 가급적 이사님 의견을 수용하고 싶지만…… 솔직히 진수아 양 혼자서 오성 냉장고 광고를 커버하기엔 무리라고 봅니다. 실은 오성전자 광고팀에서 내년 상반기 냉장고 광고 모델로 유토피아엔터의 민예리 배우를 섭외 대상 1순위로 정해 놓은 상태입니다. 만일 수아 양이 냉장고 CF를 꼭 찍겠다면 민예리 배우와 함께 찍는 방법을 추천해 드리고 싶습니다."

'빌어먹을! 내 딸이 민예리 배우랑 찍어야만 냉장고 광고 모델로 써 주겠다는 소리 아냐?'

진수아 혼자서는 냉장고 광고를 찍을 수 없다는 오성전자 사장의 발언에 진태형은 감정이 격해져 속이 부글부글 끓어올랐다.

'이걸 수아에게 얘기를 했다간 자존심 강한 녀석의 성격상 뒤집어지겠지. 차라리 오성전자는 포기하고 미래자동차 사장을 만나서 딜을 해 보는 것이 좋겠다.'

진태형이 자리에서 일어섰다.

오성전자 사장 입장에선 충분히 진수아를 고려한 답변이었지만, 딸바보 진태형은 그렇게 받아들이지 못한 탓이다.

진수아를 얕보는 것이라 여긴 진태형은 이를 빠득 갈아 댔다.

　"오늘 일, 잊지 않겠습니다!"

　"네? 그게 무슨 소리입니까?"

　"나중에 우리 수아가 톱급 배우가 된다면 그때 다시 봅시다!"

　"허어!"

　무례한 진태형의 태도에 오성전자 사장도 기분이 불쾌했기에 그만 표정이 굳어지고 말았다.

　그렇게 오성전자 사장실에서 나온 진태형은 이번엔 미래자동차 사장실을 방문하게 되었다.

　하지만 사장실로 들어서기 전, 비서실에서 진태형을 제지했다.

　"어떻게 오셨습니까?"

　"사장님을 만나서 자동차 CF에 관한 얘기를 나누고자 찾아왔습니다."

　"약속은 하고 오신 겁니까?"

　"그건 아니지만 명성금융의 진태형 이사가 찾아왔다고 전하면 저를 만나 주실 거라 생각합니다."

　"진태형 이사님이시군요. 한데 지금 회의 중이니 잠시 소파에 앉아서 기다려 주세요. 회의가 끝나면 진태형 이사님이 오신 것을 곧바로 전달해 드리겠습니다."

"그러죠."

진태형의 표정이 좋지 못했다.

오성전자 사장도 사전에 방문 약속을 잡지 않고 만날 수 있었기에 이곳도 같을 것이라 생각했던 것이다. 한편으론 그만큼 진태형은 명성금융의 이사라는 자신의 직함을 크게 믿고 있었던 탓도 컸다.

그렇게 한 시간이 흘러 버렸다.

대기실로 마련된 불편한 좌석에 앉아 있던 진태형의 낯빛이 붉게 변하고 말았다.

'나를 이런 식으로 대하다니!'

진태형은 명성금융의 전무이사라는 타이틀을 차지하고 나서 세상에 두려울 것이 없었다.

하지만 오성전자도 그렇고 미래자동차까지 진태형을 마치 찬밥처럼 취급하고 있었다.

'그래도 우리 수아를 위해서 참아야겠지.'

진수아의 광고 문제만 아니었다면 진태형은 당장 자리를 박차고 떠났을 테지만, 딸바보인 그는 기다린 시간도 아깝고, 진수아에게 자동차 광고를 안겨 주기 위해서 치솟는 분노를 꾹 눌러 참는 수밖에 없었다.

30분이 더 지나서야 드디어 회의가 끝났는지 사장실 밖으로 직원들이 빠져나왔다.

벌떡!

이제 자신의 차례라는 듯이 진태형이 자리에서 일어섰다.

하지만 바로 그때였다.

비서 하나가 다급히 진태형 쪽으로 걸어오더니 말했다.

"회의가 예상했던 것보다 길어지는 바람에 사장님께서 사전 약속이 되어 있지 않은 분은 만나지 못하시겠다고 하십니다."

"뭐, 뭐라고? 지금까지 나를 기다리게 해 놓고 만날 수가 없다고?"

"죄송하지만 양해바랍니다. 다음에는 사전에 약속을 잡고 방문해 주시면 감사하겠습니다."

"비, 빌어먹을!"

진태형의 주먹이 부르르 떨렸다.

사실 오성전자도 그렇고 미래자동차도 아주 쉽게 생각했다.

처음에는 전화 한 통이면 다 된다고 생각했지만, 그래도 얼굴을 직접 비치고 진수아가 찍을 광고 문제를 논하는 것이 좋겠다고 생각하여 움직인 것인데 아무런 소득도 얻지 못한 것이다.

'명성금융 이사인 나를 이런 식으로 대해?'

도저히 용납할 수 없던 진태형은 비서의 말을 무시하고 사장실로 성큼성큼 움직였다.

타악!

그러고는 비서가 만류하기도 전에 이미 사장실 문 앞에 이른 진태형은 노크도 없이 그대로 문을 열어 버렸다.

"누구……?"

회의가 길어지는 바람에 잠시 소파에 기대앉아 휴식을 취하고 있던 미래자동차 사장이 안으로 들어선 진태형을 의아하게 쳐다봤다.

"명성금융 진태형 이사입니다! 밖에서 한 시간 반이나 기다렸는데 그냥 돌아가라는 말에 무례임을 알지만 긴히 상의할 말이 있어서 이렇게 들어왔습니다!"

"아! 명성금융 진 이사님이시군요. 일단 이리로 앉으시죠."

미래자동차 사장은 문밖에서 안절부절 하고 있는 비서를 눈짓으로 물리고는 진태형을 맞은편 소파에 앉도록 조치했다.

"사장님께서 시간이 별로 없으실 테니 단도직입적으로 말씀드리겠습니다. 이번에 KB방송국 조연 배역을 차지한 제 딸을 미래자동차 광고 모델로 출연시켰으면 해서 찾아뵙게 되었습니다."

"KB방송국 조연 배역이라면…… 혹시 과거에 국민 여배우로 불렸던 백유란 씨 따님이신 진수아 양을 말하는 건가요?"

"그렇습니다."

"광고팀장에게 진수아 양에 대한 얘기를 전해 들었습니다. 백유란 씨를 닮아서 진수아 양의 외모가 아주 빼어나다고 하더군요."

"흠! 좋게 봐주셔서 감사합니다."

진태형은 미래자동차 사장이 진수아에 대해 좋게 말하는 것에 표정이 밝아졌다.

"하지만 아직은 진수아 양이 대중에 얼굴이 알려지지 않은 신인이니만큼 자동차 광고를 맡기기엔 무리이지 않나 싶습니다."

"우리 수아가 자동차 광고를 찍는 것이 무리라고요? 어떤 점에서 말인가요?"

진태형의 흥분한 태도에 사장이 다시 차분하게 설명을 이어 나갔다.

"자동차 광고는 진 이사님도 알다시피 대중에 이름이 알려진 톱급 연예인이라도 함부로 광고 모델로 섭외하지 않고 있습니다. 대중이 신뢰도를 느끼는 인물을 중심으로 광고 모델로 선택하고 있죠. 그런 점에서 진수아 양은 신인이라 얼굴이 알려지지 못한 탓에 아직 대중에 신뢰도를 구축하지 못한 점도 있지만, 더욱 큰 문제는 진수아 양이 바로 미성년자라는 이유입니다. 미성년자에게 자동차 광고를 찍게 할 수는 없는 일이지 않습니까?"

"하아!"

미래자동차 사장의 말에 진태형은 그만 망치로 한 대 얻어맞은 표정을 짓고 말았다.

대형 광고를 찍게 할 욕심으로 미래자동차 광고를 떠올렸

지만, 정작 자신의 딸이 자동차를 몰고 다닐 수 없는 미성년
자라는 사실을 그만 간과한 것이다.

"명성금융의 진 이사님께서 이렇게 저를 만나러 와 주신
점은 감사하게 생각하나, 따님 문제는 제가 도움이 되어 주
지 못할 듯싶어 유감스럽게 생각합니다."

"아, 아닙니다! 제가 생각이 짧았습니다."

"오늘은 시간이 없어서 진 이사님과 길게 대화를 나누지
못함을 양해 바랍니다."

"나중에 기회가 닿는다면 식사나 한번 하시죠."

"그러시죠."

사장실에서 나온 진태형은 허탈한 표정을 짓고 말았다.

미래자동차 사장이 얼마나 그를 우습게 생각했을까. 앞뒤
분간 못하는 천둥벌거숭이처럼 굴어 댔으니 말이다.

정말이지 낯이 뜨거웠다.

'수아에겐 뭐라고 말을 한다지?'

진태형은 오성전자와 미래자동차, 두 곳의 CF를 따내지
못한 상황에 딸 진수아가 크게 실망할 모습을 떠올리자 가슴
이 미어졌다.

웅웅!

핸드폰이 진동음을 토해 냈다.

명성의 비서실장 남기택 연락에 진태형은 자존심은 상하
지만 남기택에게 사실대로 털어놓는 수밖에 없었다.

"우리 수아에게 얘기를 꺼내는 것은 남 실장님이 직접 하시는 것이 좋겠습니다. 제가 오성과 미래를 방문한 것은 반드시 수아에겐 비밀로 하시고요."

진태형은 자신이 직접 광고를 따내고자 움직였지만 성과를 거둔 것이 없다 보니 진수아에게는 비밀로 할 것을 부탁했다.

다행히 남기택으로서도 진수아에게 사실을 털어놓아 봤자 명성 입장에서 건질 것이 없다 보니 진태형의 말을 받아들이기로 했다.

-그렇게 하겠습니다. 일이 이렇게 된 이상 다른 기업의 광고 중에서 가급적 대중에 임팩트를 줄 수 있는 광고를 최대한 알아보는 수밖에 없겠군요. 오늘 수고하셨습니다.

남기택은 진태형과 통화를 나눈 내용을 오장환에게 보고했다. 명성금융의 전무이사인 진태형이 나선 것에 나름 기대를 하고 있었던 오장환은 남기택의 보고에 어이가 없었다.

"뭐, 뭐라고? 진 이사가 나섰음에도 오성과 미래의 광고를 찍지 못한다고?"

"미래자동차는 진수아 양이 미성년자라서 광고를 찍지 못하게 되었지만, 오성전자 광고는 찍을 수 있긴 합니다."

"찍을 수 있으면 뭐해! 오성에서 유토피아 민예리 배우랑 함께 광고에 출연하는 것을 제안했다고 하지 않았어? 진수아가 민예리 배우의 존재감에 묻혀 버릴 텐데 찍어 봤자 별반 도움이 되지 못할 걸세! 게다가 광고를 찍어도 내년 봄이나 되어야 매스컴에 보도가 될 것이 아닌가? 유토피아에선 연말에 중국 공연을 하게 될 텐데, 그때면 너무 늦어!"

오장환은 심기가 불편했다.

진수아에게 대형 광고를 찍게 해 준다고 약속을 해 버린 것이다.

그런데 오성과 미래 광고를 찍지 못하게 되었으니 말이다.

명성금융 이사 진태형이 나선 상황에도 해결이 안 되었다.

그렇다면 이제 남은 것은 하나.

오장환의 눈빛이 사납게 번들거렸다.

"이렇게 된 이상 오성과 경쟁 기업인 알지 핸드폰 광고를 노리는 수밖에 없군. 당장 알지그룹 본부장에게 연락해서 술자리를 마련해 봐!"

"알겠습니다!"

결국 오장환은 진수아와의 약속을 지키기 위해서 알지그룹 본부장과의 인맥을 이용하여 알지 핸드폰 광고를 따내는 것으로 정리되었다.

❀

한편 유토피아 힐링센터.

중국 갤로리아 오픈식에 참여하고자 〈아우라〉 멤버들이

힐링센터에 모여서 맹훈련에 돌입했다.

노래지도 강사 남동찬.

안무지도 강사 백연화.

인성과 능력을 엄선하여 선택한 존재들로 이들도 함께 힐링센터에서 활동하게 되었다.

'대형신인이 나타난 셈이군!'

'과연 누가 이 애들을 가수 지망생이라고 생각할까?'

노래지도 강사 남동찬과 안무 지도 강사 백연화는 보름도 안 되는 짧은 기간 동안 속성으로 〈아우라〉 멤버들이 중국에서 공연할 수 있는 수준까지 끌어올려야만 했던 것에 내심 부담도 없지 않았다.

하지만 막상 〈아우라〉 멤버들을 만나 노래와 안무를 지도한 이들은 더는 부담감을 갖지 않게 되었다. 오히려 속으로 크게 감탄했다.

정나우, 한여진, 서이서.

마치 가수가 되기 위해 태어난 아이들처럼, 스폰지가 물을 빨아들이듯이 하나를 가르치면 열을 헤아리는 것은 당연했고, 셋의 케미도 너무 좋다 보니 환상의 3인조 걸그룹이라 생각될 정도였다.

거기에 유토피아 힐링센터의 신비로운 능력 덕분에 〈아우라〉의 외모 케어는 물론이거니와 심지어 재능까지 더욱 업그레이드되어 가고 있는 느낌이었다.

"중국에서 공연할 노래는 두 곡! 처음에는 셋 모두 무대에 올라서 노래를 부르고, 그것이 끝나면 여진 양 혼자 무대에 남아서 노래를 부르면 될 거야."

무대 경험이 많은 안무지도 강사 백연화가 총책임을 맡았다. 멤버들에게 무대에서의 동선에 대한 것도 숙지를 시켰다.

〈아우라〉가 중국에서 공연할 노래는 두 가지였다. 두 곡 모두 MB방송국 드라마 〈오늘부터 파이팅!〉의 OST로 사용할 곡이었는데, 그걸 중국에서 미리 선보이게 된 셈이었다.

한여진 혼자 부르는 노래 제목은 〈야성환상곡〉으로 밤의 허공에 뜬 반짝이는 별을 보면서 꿈을 열망하는 노래였다. 아름답고도 처연한 한여진 음색은 듣는 이의 귀를 단번에 사로잡을 정도로 매력적인 노래라 볼 수 있었다.

그리고 멤버들 셋이서 부르는 노래 제목은 〈연모〉로, 한편으론 〈오늘부터 파이팅!〉 드라마의 주제가 담긴 노래이기도 했다.

드라마에서 여주와 남주가 서로를 그리워하면서 용기를 북돋아주는 분위기의 노래였다.

멤버들 셋의 안무가 곁들이자 노래가 더욱 사랑스럽고 아련한 느낌도 들었다.

"내일은 마지막 최종 점검 차원에서 유토피아 식구들이 모인 자리에서 노래를 부르게 될 거다. 중국에서 하는 공연이라 생각하고 최선을 다해 주길 바란다."

"넵!"

백연화를 향해 멤버들이 힘차게 대답을 했다.

〈아우라〉 멤버들의 최종 점검.

그것이 내일로 다가왔다.

❀

다음 날.

최종 점검을 위해 유토피아 행사홀은 〈아우라〉 멤버들의 공연을 위한 무대로 사용되었다.

"중국 공연에 앞서 유토피아 행사홀에서 걸그룹 〈아우라〉의 무대를 처음으로 선을 보이게 되었습니다! 이 자리를 만들어 주신 신석기 대표님께 〈아우라〉 멤버들을 대신하여 진심으로 감사드립니다! 그동안 열심히 노래와 안무를 연습한 〈아우라〉 멤버들입니다! 멤버들이 무대에 등장하면 용기를 북돋아주는 차원에서 여러분의 힘찬 박수 부탁드리겠습니다!"

푸른색 드레스를 걸친 안무지도 강사 백연화가 무대 옆의 단상에서 행사를 진행했다.

그녀는 〈아우라〉를 만나기 전보다 피부가 고와지고 몸매도 더욱 탄탄해진 분위기였다.

또한 무대 주변에서 공연을 위해 그녀를 보조하고 있는 노래지도 강사 남동찬도 마찬가지였다.

신기하게도 남동찬은 삼십대 후반의 나이치고 새치가 심한 편이었는데, 힐링센터의 영향인지 머리가 까맣게 바뀌어서 한결 멋져 보였다.

"〈아우라〉는 3인조 걸그룹입니다! 정나우, 한여진, 서이서가 바로 〈아우라〉 멤버들이죠! 그 중에서 한여진 양은 서말숙 작가님의 드라마에 조연 배역으로 캐스팅까지 되었을 정도로 가수로서의 재능만이 아니라 배우로서의 재능까지 갖춘 인물입니다. 또한 멤버들 중에서 맏언니 역할을 맡은 정나우 양은 작곡과 작사에 뛰어난 재능을 갖고 있답니다! 오늘 무대에서 선을 보일 노래가 모두 정나우 양이 만든 노래라는 점을 생각하면 정말 대단한 능력자죠. 그리고 가장 마지막으로 〈아우라〉에 합류하게 된 서이서 양은 노래도 잘 부르지만 안무에 특화된 인물입니다! 오늘 무대에서 서이서 양의 끼를 즐겁게 만끽하실 것이라 생각합니다! 그럼 유토피아 걸그룹 〈아우라〉의 입장이 있겠습니다!"

백연화의 멘트가 끝나자 행사홀 무대로 〈아우라〉 멤버들이 등장했다.

여신처럼 아름다운 셋의 모습에 행사홀에 모인 이들에게서 힘찬 박수가 쏟아져 나왔다.

와아아아! 짝짝짝짝!

객석의 제일 앞줄 우측 열에는 유토피아 대표인 석기와 측근인 박창수와 구민재가 자리했다. 그리고 좌측 열에는 유토피아엔터 사장 채현우와 배우 민예리, 홍민아 기획홍보팀장이 자리했다. 그리고 나머지 객석에는 직원들이 각자 편한 곳을 찾아서 자리했다.

유토피아엔터의 최초 걸그룹.

〈아우라〉의 비주얼만 놓고 보면 유명 걸그룹이 전혀 부럽지 않을 정도였다.

게다가 메이크업을 공들여 받고, 무대 의상까지 갖춰 입은 탓에 멤버들에게선 빛이 났다.

"와아! 셋 다 진짜 예쁘다!"

"그동안 더 예뻐졌는데?"

"매력이 철철 넘친다!"

"〈아우라〉 파이팅!"

행사홀의 활기 넘치는 분위기에 무대에 선 멤버들의 얼굴이 붉게 상기되었다.

'괜찮군.'

석기의 입가에도 미소가 걸렸다.

스타들의 아우라를 감지할 수 있는 석기의 눈에도 멤버들의 모습은 정말 멋져 보였기에.

유토피아 힐링센터.

그곳을 거친 효과가 있었다.

무대의 셋의 모습을 보자 아름다움에도 품격이 있다는 것을 입증했다. 피부는 윤기가 감돌고 있었고, 몸매는 군살이 없이 탄탄했다. 그냥 아름답다는 말로는 부족할 정도로 비주얼이 한 단계 더 업그레이드된 상태임을 알 수 있었다.

'저 정도의 외모면 어디에 내놔도 절대 빠지지 않을 거야.'

아무리 신인에 불과한 〈아우라〉일지라도 저 정도의 비주얼이면 사람들을 사로잡기에 충분했다.

거기에 노래와 안무까지 제대로 실력을 갖춘 상태라면 두말할 필요가 없었다.

'자! 모두의 실력을 보여 줘 봐!'

〈아우라〉의 실력을 가늠할 최종 점검. 사회를 맡은 백연화를 향해 석기가 행사를 진행하라는 의미로 고개를 끄덕여 주자, 그것을 신호로 노래 반주가 흘러나오기 시작했다.

첫 번째 노래는 〈연모〉.

멤버들 셋이 부르는 노래였다.

셋이 파트별로 나눠서 노래를 부르면서 안무를 추게 된다.

♬♪ㅡ.

행사홀에 모인 이들이 노래 반주가 흘러나오자 무대의 셋을 기대를 갖고 주시했다.

ㅡ이상해요~ 내 마음이 고장 났나 봐~ 자꾸 그대 생각만 나~

첫 순서는 정나우였다.

작곡과 작사에 재능을 타고난 정나우가 만든 노래.

세상에 알려지지 않은 신인에 불과한 그녀였지만 진정 천재성을 타고났다.

노래의 도입부부터 시작된 허스키한 정나우 음성이 묘하게 설렘을 느끼게 해 주었다.

안무도 제법 능숙했다.

동작이 큰 안무는 아니었지만 그럼에도 묘하게 사람들 시선을 끌고 있다.

사실 멤버들 중에서 가장 안무 실력이 떨어지는 정나우였지만 그동안 백연화의 가르침으로 제법 봐줄 만한 안무가 되었다.

ㅡ이런 기분 처음이야~ 자꾸 그대 얼굴만 떠올라~

두 번째 파트는 서이서였다.

살랑거리며 안무를 추는 서이서의 모습은 너무 사랑스럽고 섹시해 보였다.

셋 중에서 가장 춤에 특화된 존재답게 귀여운 동안으로 어찌 저런 안무를 소화해 낼 수 있는 건지 신기할 정도였다.

서이서 안무에 홀려 행사홀 사람들이 속으로 뜨거운 감탄을 쏟아 내던 찰나.

셋 중에서 가장 신비로운 아름다움을 느끼게 해 주는 한여진의 차례가 되었다.

－그대를 염오해～ 그대를 염오해～ 가슴이 벅차올라～ 눈물이 나～ 자꾸 그대가 보고 싶어～

한여진은 음색 자체가 앞서 노래를 부른 정나우와 서이서와는 차원이 달랐다.

강한 흡입력.

그냥 들으면 멍하니 홀려 버린다.

게다가 〈아우라〉에서 메인 보컬을 맡은 인물답게 가창력이 돋보였다.

후반부로 갈수록 노래가 고음으로 시원하게 쭉 뻗어 올라갔는데, 청량함과 애절함이 느껴지는 그녀 특유의 음색에 소름이 오소소 끼칠 정도로 매력적이었다.

－그대를 염오해～

－그대를 염오해～

－그대를 염오해～

정나우, 서이서, 한여진 순으로 마지막 후렴이 돌림노래처럼 흘러나오다가 멈췄다.

노래와 안무.

너무 완벽했다.

와아아아! 짝짝짝짝!

처음엔 노래가 끝나자 잠시 정적이 깃든가 싶더니만, 이내 우레와 같은 함성과 박수가 쏟아졌다.

행사홀에 자리한 유토피아 식구들 모두가 〈아우라〉의 공연에 만족한 분위기였다.

[완전 대박이다!]

[TV에 나오던 유명 걸그룹보다 더 멋진 무대였다!]

[중국 공연 마치고 돌아오면 〈아우라〉 진짜 뜨겠는데?]

[역시 우리 대표님의 안목은 믿을 만해! 걸그룹 육성한 지 얼마 되지도 않았는데 벌써 저 정도의 실력이라니.]

하지만 다음 순서가 남았다.

공연에서 선보일 노래는 두 곡.

그때 사회를 맡은 백연화가 다시 무대에 등장하여 한여진이 부를 노래를 소개했다.

"두 번째로 준비한 노래는 한여진 양의 〈야성환상곡〉입니다! 밤하늘의 반짝이는 별처럼 되고 싶은 소녀의 꿈이 담긴 노래입니다!"

한여진이 다시 무대로 나왔다.

멤버들과 함께 노래를 불렀을 때 걸친 의상에다 재킷을 걸쳤을 뿐인데도 분위기가 확 달라보였다.

검은색 재킷에 별이 보석처럼 은은하게 박힌 재킷으로 노래와 잘 매치가 되는 의상이라 생각되었다.

－어릴 때 꿈을 기억해요～ 하늘의 반짝이는 별처럼 되고 싶어 했죠～ 크면서 알게 되었죠～ 꿈만 먹고 살 수 없다는 것을～ 하지만 그래도 꿈을 꿀래요～ 먹구름이 하늘을 가려도～ 장대비가 쏟아져도～ 언젠가 별은 다시 뜰 거라고～ 시리도록 눈부신 별이～

한여진의 노래에 행사홀에 자리한 유토피아 식구들은 숨을 숙인 채 그녀의 노래에 푹 빠져들었다.

호소력 짙은 한여진의 서글픈 음색이 자연스럽게 사람들 가슴에 파고들어 그녀의 꿈을 응원하게 만들었다.

'이 정도면 충분히 성공할 거야.'

석기는 무대의 한여진을 살펴봤다. 노래를 부르는 한여진의 머리 위에 아름다운 아우라가 넘실거리고 있었다. 아까 셋에서 함께 부른 〈연모〉도 아우라가 범상치 않았지만 이번의 아우라가 좀 더 신비롭게 다가왔다.

'진수아! 넌 결코 한여진의 상대가 되지 못할 거다.'

석기도 명성에서 진수아를 위해 알지 핸드폰 광고를 잡은 것을 알고 있다.

하지만 알지 핸드폰 광고로 〈아우라〉의 존재감을 사로잡기에는 역부족이라 생각했다.

만일 중국 공연이 성공한다면.

국내에서 〈아우라〉의 입지는 대폭 높아질 것은 당연했다. 그 기회를 이용할 작정이다.

드라마가 방영되기 전에 진수아가 CF로 존재감을 과시할 생각이라면, 한여진은 보란 듯이 노래로 존재감을 보여 줄 것이다.

진수아의 CF따위 대중의 뇌에서 깨끗이 비워 버릴 정도로 한여진의 노래 실력은 석기도 인정할 정도로 대단했기에.

거기에 오늘 행사홀에서 밝히지 않은 비밀이 있었다.

그건 중국에서 밝혀질 터.

❀

명성미디어.

유토피아 행사홀에서 〈아우라〉가 공연을 한 것은 명성의 오장환에게도 관심사로 대두되었다.

오장환의 호출에 회장실로 들어선 남기택이 꾸벅 인사를 했다.

"부르셨습니까, 회장님!"

"유토피아 행사홀에서 애들이 공연을 했다던데. 솔직하게 말해 봐. 수준이 어느 정도지?"

오장환의 재촉하는 시선에 남기택은 부담이 되었지만 알고 있는 바를 조심스레 밝혔다.

"셋 모두 비주얼이 뛰어날뿐더러, 노래와 안무 수준도 상당하다는 평입니다."

"흐음! 그래 봤자 가수 지망생에 불과한 애들이야."

〈아우라〉를 과소평가하고 싶어 하는 오장환의 속내를 눈치챘지만, 그렇다고 거짓을 고할 수는 없었기에 남기택이 정정하듯이 나왔다.

"죄송하지만…… 유명 걸그룹에 견줘도 전혀 밀리지 않을 정도라고 하더군요."

"유명 걸그룹에 견줘도 밀리지 않을 정도다?"

"그동안 〈아우라〉 멤버 전원이 유토피아 힐링센터에서 케어를 받은 것을 회장님께서도 알고 계시지 않습니까? 이번에도 힐링센터의 도움을 받은 것이 확실합니다. 전보다 눈에 띌 정도로 외모가 업그레이드되었다는 평입니다. 심지어 노래지도 강사와 안무지도 강사까지 말이죠."

"또 유토피아 힐링센터야? 대체 그놈의 힐링센터는 어떤 곳이기에?"

"흠, 흠, 그게 저도 의문이긴 합니다."

사실 오장환도 너무 궁금해서 사람을 사주하여 몰래 유토피아 힐링센터의 비밀을 파악하고자 했지만 그것이 뜻대로 되지 않았다.

유토피아 대표인 석기에게 초대를 받지 않은 이들은 절대 불가침의 영역이나 마찬가지인 곳이었기에 말이다.

"남 실장! 알지 핸드폰 광고를 진수아가 찍게 되긴 했지만 왠지 그 걸로는 안심할 수 없어!"

"그건 그렇습니다! 유토피아 걸그룹이 중국에서의 공연을 성공한다면 아무래도 진수아 양의 존재감이 희미해질 것은 당연하니까요."

오장환의 눈빛이 사악하게 번들거렸다.

"유토피아가 중국 공연을 성공하지 못하게 방해를 하는 수밖에 없어! 내일이 공연이니 오늘 밤 남 실장이 직접 중국으로 건너가는 것이 좋겠어. 돈이 얼마가 들어도 좋으니 중국에 있는 해결사를 사주해서 공연을 꼭 망치도록 만들어!"

"알겠습니다!"

오장환의 지시에 남기택은 당장 공항으로 출발했다.

그렇게 중국에 당도한 남기택은 부랴부랴 해결사를 고용하게 되었는데, 급하게 알아보는 바람에 수준이 좀 떨어지는 하급 해결사를 고용하게 되었다.

하지만 다시 해결사를 구하기엔 당장 내일 유토피아엔터의 걸그룹의 공연이었기에 할 수없이 하급 해결사들에게 일을 맡기기로 했다.

"지금부터 내가 하는 말을 잘 들어라. 갤로리아 백화점 오픈식에 한국의 〈아우라〉란 걸그룹이 공연을 하게 될 거다. 너희는 공연을 못하도록 방해공작을 펼치는 일을 해야 한다. 일을 성공할 시엔 두 배의 보수를 받게 될 것이나, 만일 실패하게 된다면 잔금은 받지 못하게 될 거다."

해결사 리더는 남기택이 중국말로 한 탓에 그의 말을 알아듣긴 했지만, 실패하면 잔금을 주지 않는다는 말이 마음에 들지 않는다는 기색이었다.

"그렇다면 우리도 조건이 있다!"

"조건?"

"일단 우리 애들의 정장을 한 벌씩 사 주면 좋겠다! 명품 갤로리아 백화점 오픈식이라는데 이런 옷을 입고 갈 수 없지 않느냐!"

"알았다."

저렴한 버전의 잠바를 걸친 해결사들의 차림새였기에 남기택도 이들에게 정장을 사 주는 문제는 흔쾌히 동의했다.

하지만 다음의 조건은 남기택의 인상을 찡그리게 만들었다.

"무기를 구해 달라고?"

"무대를 초토화시키려면 총알이 많이 장전될 수 있는 연사력 좋은 총기구가 필요하다! 또 휴대가 가능한 기관총 한 대도 필요하다!"

남기택은 해결사 리더의 두 번째 조건에 차마 대놓고 욕은 못하고 속으로 제정신이 아닌 미친놈이라며 욕을 마구 퍼부어 댔다.

"이봐! 내가 원하는 것은 한국에서 온 걸그룹 공연을 망치게 하는 것이지, 무대를 벌집으로 만들라는 것이 아니라고!"

"하여간 무대를 싹 쓸어 주면 될 것이 아니냐!"

"하아!"

정말 위험한 놈들이었다.

하급 해결사들 주제에 마피아를 흉내 내려는 것이 분명했다.

하지만 만일 이들이 원하는 대로 작업을 진행한다면 이건 빅뉴스가 될 터. 안 그래도 중국에 명품 갤로리아 백화점이 오픈한다는 것에 여러 나라에서 관심을 갖고 있던 상황이다.

그런 상황에서 백화점 오픈식에 총격 소동이 벌어진다면 결국 해결사들은 도주하다 잡힐 테고, 그렇게 되면 해결사를 사주한 명성의 이름이 매스컴에 오르내리게 될 것은 뻔했다.

그건 결코 남기택이 원하는 일이 아니었다. 만일 그런 일이 벌어지게 된다면 남기택의 목숨도 위험할 수 있었다.

오장환이 절대 가만두지 않을 테니 말이다.

'지금이라도 다른 해결사를 알아봐야 하나?'

하지만 바로 내일이 〈아우라〉 공연이다.

지금 와서 다른 해결사를 알아보기엔 시간이 턱없이 부족했다.

게다가 이들을 팽하면 보복 심리로 〈아우라〉에게 남기택이 사주한 일을 까발릴 수도 있었다.

질이 떨어지는 놈들이니 더한 일도 할 수 있을 것이라 여겨졌다.

'빌어먹을! 좀 더 알아보고 부르는 거였는데.'

남기택은 짜증이 확 솟구쳤다.

하필 그가 고용한 해결사들이 이 정도로 대책 없는 막가파인 줄은 미처 몰랐다. 그렇다고 이미 부른 해결사를 함부로 팽할 수도 없다는 것이다.

남기택은 할 수없이 짜증을 억누르며 해결사 리더를 다시 상대하게 되었다.

"총기류를 가지고 무대를 망치는 것은 불허한다!"

"그럼 우리보고 무엇으로 무대를 망치라는 거지?"

"그건 그쪽에서 머리를 써서 알아봐야 하지 않겠나?"

남기택의 말에 해결사 리더는 고집을 꺾지 않았다.

"머리 쓰는 것은 딱 질색이다! 총을 쏴 대는 것이 정답이다!"

"그러다 사람이 죽으면?"

"그건 우리가 알 바 아니다!"

"뭐, 뭐라고?"

"우린 돈을 받고, 당신은 원하는 목적을 달성하면 되지 않느냐?"

해결사 리더의 고집에 남기택은 이대로는 도저히 답이 아니라는 생각에, 최대한 머리를 굴리는 수밖에 없었다.

"내가 원하는 것은 사람을 한 명도 죽이지 말고 걸그룹 공연만 망치라는 거다! 당신들은 아마추어가 아닌 프로다! 최고의 실력자인 당신들이라면 총이 아니더라도 공연을 망칠 방법을 찾아낼 거라고 생각한다!"

"흐음!"

그제야 해결사 리더가 고민하는 표정을 지었다.

프로. 그리고 최고의 실력자.

아마 그 두 마디가 감정을 건든 것일 터.

다행히 뒤따라온 나머지 해결사들은 리더의 뜻이 곧 법이라는 기색으로 묵묵히 대기하고 있을 뿐이었다.

그렇게 잠시 고민하던 해결사 리더가 정리가 된 듯이 남기택을 향해 조건을 제시했다.

"그렇다면 알겠다. 작업의 난이도가 높다는 점에 성공 보수를 3배로 올려 줄 것을 요구한다! 그리고 일을 실패해도 마찬가지다. 그러니 지금 이 자리에서 당장 현금으로 보수를 지불하라!"

"뭐, 뭐라고? 3배? 그것도 지금 이 자리에서?"

남기택 눈이 확 커졌다.

이건 칼만 들지 않았다 뿐이지, 순 날강도나 다름없었기에 말이다.

"요구를 들어주지 않는다면 한국의 걸그룹에 당신이 사주한 일을 까발리겠다! 그러니 선택하라! 지금 이 자리에서 보수를 지급하고 우리를 믿고 기다리든가, 아니면 우리를 당장 물리든가!"

"이이익!"

남기택은 이를 빠득 갈아 대며 해결사 리더를 노려봤다.

하필 골라도 최악의 해결사를 고용하게 된 것이다.

남기택은 이딴 거지같은 해결사들에게 3배의 보수를 주며 일을 맡겨야 한다는 것에 분통이 터졌다.

하지만 그나마 다행이라면 돈은 얼마가 들어도 상관없다는 오장환 회장의 사전 재가를 받은 상황이란 점이었다.

결국 한껏 붉어진 얼굴로 리더를 노려봤던 남기택은 이대로 해결사들을 물릴 수는 없다 보니 결정을 내려야만 했다.

"좋다! 요구를 받아 주지! 대신 사람은 죽이지 말고 걸그룹 공연만 망치는 것으로 해야 한다!"

"노력해 보지!"

끝까지 마음에 안 드는 해결사 리더의 대답에 남기택은 속이 부글부글 끓어올랐지만 어쩔 도리가 없었다.

"3배의 보수다!"

남기택은 내키지 않았지만 현금으로 준비해 온 돈 가방 하나를 해결사 리더에게 건넸다.

마침 가방 하나에 들어 있는 돈이 리더가 딱 원하는 금액이었다. 가방 안을 잠시 확인한 리더가 부하를 이끌고 호텔 방에서 사라졌다.

'과연 저놈들을 믿고 기다려도 되는 걸까?'

호텔 객실에 혼자 남은 남기택은 뭔가 속은 기분도 없지 않았지만, 지금은 다른 대안이 없었기에 해결사들을 믿고 기다리는 수밖에 없었다.

'참, 오 회장이 전화를 기다리고 있을 텐데.'

하지만 남기택은 막상 핸드폰을 꺼내 한국에 있는 오장환에게 연락하려니 망설여졌다.

남기택이 사주한 해결사를 곧이곧대로 말했다간 오장환 성격에 똥멍청이라고 노발대발할 것이 뻔했기에 그는 자신이 사주한 해결사를 좋게 포장하는 수밖에 없었다.

"네, 네! 회장님! 급히 해결사를 구하느라 보수가 좀 세긴 했지만 다행히 실력 있는 해결사를 고용할 수 있었습니다! 고용한 해결사에게 내일 〈아우라〉 공연을 제대로 망치라고 사주했으니 걱정 말고 기다리시면 될 겁니다!"

-남 실장이 고생이 많아. 하여간 내일 보면 알게 되겠군.

남기택은 오장환과의 통화가 끝나자 걷잡을 수 없이 기분이 불안해졌다.

만일 이번 일을 실패한다면.

오장환 회장의 비서실장이란 직함을 내려놓는 것은 물론

이거니와 잘못하면 그의 목숨까지 위험할 수 있었다.

스윽!

남기택 시선이 옆방으로 향했다.

해결사들에게 준 돈과 같은 액수가 들어 있는 가방 하나가 방안에 더 준비되어 있었다.

상급 해결사를 고용할 경우.

보수가 커질 것을 대비하여 혹시 몰라서 두 개의 돈 가방을 준비해 놓은 것이다.

'저걸 들고 튀어 버려?'

엄청나게 큰 액수는 아니지만 그래도 가방에 들어 있는 돈이면, 동남아 쪽으로 날라 버리면 평생 놀고먹으며 지낼 수는 있을 터.

'내일 상황을 봐 가면서 움직이도록 하자.'

그렇게 남기택은 자신이 고용한 해결사를 신뢰하지 못해서 오장환을 배신할 마음까지 품게 되었지만, 그것을 알 리 없는 해결사들은 거금이 수중에 들어오자 신이 나서 일류 호텔을 숙소로 잡고 내일 작업에 대한 의논이 필요하다는 이유로 술판을 벌였다.

"형님! 내일 걸그룹 공연을 어떤 식으로 망칠 거죠?"

"머리 아프니 나중에 생각해!"

"총으로 싸 갈기는 것이 딱 폼도 나고 좋은데 말입니다."

"내 말이."

"근데 한국의 걸그룹이면 엄청 예쁘겠죠? 흐흐!"

"왜 사인받게?"

"해 달라고 하면 안 되겠죠?"

"새끼가 빠져 가지곤! 까불지 말고 술이나 마셔!"

"넵! 형님!"

남기택의 고민이 깊어진 것이 역시 이유가 있듯이 질이 떨어지는 해결사들의 분위기였다.

정작 〈아우라〉 공연을 망치는 것에 대한 의논은 뒷전이고, 양주를 떡이 되도록 마시고 있었으니 말이다.

❀

한편 중국 상하이.

그곳은 중국의 문화와 경제의 중심지이자, 동서양이 융합된 매력적인 도시로 여러 나라 사람들이 즐겨 찾는 곳이기도 했다.

명품 갤로리아 백화점.

갤로리아 최대 주주인 서연정은 중국의 여러 도시 중에서도 상하이가 명품 백화점이 들어서기에 적당하다고 판단하여 그곳에 갤로리아 1호점을 내게 되었다.

그리고 연말 마지막 날인 오늘 드디어 1호점 갤로리아 백화점 오픈식을 갖게 되었다.

사실 한국에서 상하이까지 비행기로 대략 2시간 정도가 걸리니 아주 가까운 거리라 볼 수 있었다.

오픈식은 행사홀에서 진행된다.

갤로리아 백화점의 오픈식에는 중국에서 내로라는 유명 인사들을 비롯하여 세계 각지의 백화점 업계에 종사하는 이들이 초대되었다.

한국에서도 갤로리아 오픈식에 다수의 인물들이 초대 되었는데, 그 중에서 서연정이 각별히 신경을 쓰는 인물은 바로 석기였다.

갤로리아 백화점의 품격을 한층 높여 주는데 일등공신 역할을 한 유토피아였던 탓이다.

중국 1호점인 갤로리아에도 유토피아 제품인 연예인 비누와 릴렉스 향수가 입점했다.

한국에서 판매되는 가격보다 2배로 높은 가격으로 판매가 될 예정인데, 그럼에도 벌써부터 유토피아 제품들에 수많은 사람들이 관심을 보이고 미리 예약까지 걸어 놓은 상황이었다.

유토피아 대표인 석기.

그는 측근인 박창수와 구민재를 오픈식에 대동했다.

또한 오픈식 공연을 위해 유토피아 걸그룹인 〈아우라〉 멤버들이 초대가 되었다.

"한국의 유토피아 신석기 대표님 입장이십니다!"

행사홀 입구에 경비들이 잔뜩 늘어서있었고, 철저하게 오픈식에 참여하는 이들을 점검했다.

불손한 의도로 오픈식에 참여하여 행사의 분위기를 흐리게 할 것을 대비한 조치였다.

"와아!"

"오호!"

석기를 비롯하여 일행들이 행사홀 입구로 들어서자 여기저기서 감탄하는 소리가 흘러나왔다.

화사하게 차려입은 서연정이 기다리고 있었다는 듯이 웃는 낯으로 석기에게 다가와 인사를 했다.

"어서 오세요, 신 대표님!"

"안녕하세요, 서 여사님! 이쪽은 제 일행입니다!"

석기는 동행한 일행을 서연정에게 소개했다.

박창수와 구민재와 간단하게 인사를 나눈 서연정은 유토피아 걸그룹 〈아우라〉와도 인사를 나누었다.

솔직히 행사홀에서 가장 눈에 띄는 존재들이라 보면 되었다.

젊고 아름답다는 것.

그것 이외에도, 힐링센터 덕분에 〈아우라〉 멤버들에게선 특별함이 자연스럽게 풍긴 탓이다.

명품으로 따지면 최상의 명품처럼.

"오호! 여신처럼 아름답군!"

"한국에서 온 걸그룹이라죠?"

"역시 서 여사가 특별히 초대한 걸그룹이라더니 비주얼이 너무 신비롭고 아름답네요!"

"공연이 너무 기대되는군요!"

생얼로 있어도 여신처럼 아름다운 〈아우라〉 멤버들의 분위기인데, 오늘 공연을 위해서 풀 메이크업에 매력적인 의상으로 차려입은 상태인지라 절로 시선을 끌게 되었다.

행사홀에 초대된 사람들이 하나같이 술렁거리며 〈아우라〉 멤버들의 모습에 관심을 보이고 있었다.

그러자 서연정은 사람들의 반응을 즐기듯이 웃는 낯으로 〈아우라〉 멤버들과 차례차례 인사를 나누었다.

"오늘 공연 잘 부탁해요."

한편 행사홀 밖에서 이곳을 염탐 중인 해결사들.

남기택이 전달한 시커먼 정장으로 갈아입은 상태였다. 그들은 옷만 제대로 갖춰 입으면 행사홀로 잠입하는 일은 문제가 없을 거라 생각했지만 그것이 오판이었음을 깨달았다. 초대장이 없으면 행사홀 안으로 절대 들여보내지 않고 있었다.

〈아우라〉의 공연을 망칠 계획으로 이곳을 찾아왔는데 이렇게 되면 일에 차질이 생긴다는 것에 해결사들의 속이 타들어 갔다.

그러던 바로 그때.

준수하게 생긴 젊은이가 이곳으로 뚜벅뚜벅 다가왔다.

그러더니 해결사들의 바로 앞에 우뚝 멈춘 젊은이가 씨익 웃더니 품안에서 무언가를 꺼냈다.

검은색 물체.

권총처럼 보이는 것을 꺼낸 그가 해결사들을 향해 그것을 겨냥했고, 이에 해결사들은 찔린 구석이 있다 보니 두 손을 번쩍 들고 말았다.

치익!

진짜 권총이 아닌 물총.

물총으로 해결사들의 얼굴을 사이좋게 적셔 준 그가 다시 씨익 웃더니 행사홀로 사라져 버렸다.

갑작스러운 봉변에 해결사들은 누구에게 하소연도 못하고 넋이 빠진 몰골들로 서 있을 뿐이었다.

하지만 점점 해결사들의 안색이 창백하게 변하더니 앞 다투어 비상계단이 있는 방향으로 빛의 속도로 뛰기 시작했다.

백화점 화장실.

그곳에 들어선 해결사들은 오장육부가 뒤틀리는 엄청난 고통에, 그만 〈아우라〉의 공연을 망칠 목적으로 오픈식을 찾아온 것을 까맣게 잊고 말았다.

❂

행사홀 안으로 들어온 석기.

남기택이 사주한 해결사들을 처리한 젊은이는 바로 석기였다.

구민재와 함께 와인을 마시고 있던 박창수가 석기를 발견하곤 주위로 다가왔다.

신석기는 아까 갑자기 행사홀 밖에 볼일이 있다면서 이곳에서 빠져나갔는데, 생각보다 일찍 돌아온 것이다. 이곳에서 박창수는 석기를 편하게 대했다.

"신 대표! 벌써 다 끝난 거야?"

"그래, 다 끝났어."

"어떤 볼일이었는데 그렇게 빨리 끝난 거야?"

"중요한 일은 아니니 신경 쓰지 않아도 돼."

"오케이. 여기 와인 완전 끝내준다! 석기 너도 한잔 마셔봐."

"그럴까?"

박창수의 호들갑에 석기가 피식 웃어 주고는 행사홀 안을 잠시 둘러봤다.

현재 갤로리아 오픈식에 초대된 손님들의 접대를 위해 행사 도우미 여러 명이 쟁반에 와인 잔을 받쳐 들고 행사홀 안을 이리저리 돌아다니고 있었다.

"땡큐!"

석기는 주위로 다가온 행사도우미에게 와인 한잔을 받아 들고는 살짝 입술을 축였다.

'호오!'

박창수 말대로 보통 와인이 아닌 듯 풍미가 상당했다.

사실 와인도 그렇지만 행사홀 한곳에 대화를 나누면서 간단하게 먹을 수 있도록 준비된 간식 테이블의 분위기도 장난이 아니긴 했다.

세계적으로 유명한 명품 다과들이 색색별로 구비되어 있었다.

그것 때문에 〈아우라〉 멤버들이 죄다 간식 테이블로 몰려간 상태였지만. 그런 그녀들로 인해 덩달아 간식 테이블 주변에 손님들이 잔뜩 몰려드는 바람에 공연을 시작하기 전부터 진풍경을 연출하고 있긴 했다.

〈아우라〉 멤버들의 존재감이 워낙 강렬하다 보니 사인을 해 달라는 이들도 있었고, 함께 사진을 찍는 이들도 있었다.

서연정의 배려인 듯 〈아우라〉 멤버들 주위로 사람들이 몰려든 것에 혹시 문제가 생길 것을 우려하여 경호원들이 배치되었다.

그때 박창수가 와인을 맛본 석기를 웃으며 쳐다봤다.

"와인 맛이 어때?"

"훌륭하네."

"서 여사님의 배포가 크긴 해. 명품 백화점답게 손님 접대를 위해 최상의 와인을 베푼 모양이야. 그 덕분에 훌륭한 와인을 공짜로 실컷 마시게 되었지만."

와인을 몇 잔 마신 탓에 볼이 상기된 행복한 박창수 표정이었고, 구민재도 표정이 편안해보였다.

다행히 박창수와 구민재도 그렇지만 행사홀 안에 있는 사람들도 밖에서 석기가 해결사들에게 행한 일에 대해선 전혀 알지 못하는 분위기였다.

그러니까 어젯밤 일이었다.

운이 좋았는지 호텔 스카이라운지에서 서연정을 만나 오늘 행사에 관한 얘기를 주고받은 후 내려오던 도중에, 엘리베이터에서 명성에서 사주한 해결사들을 만날 수 있었다.

해결사들은 석기가 유토피아 대표란 것을 까맣게 몰랐을 테지만, 석기는 해결사들의 속마음을 통해 그들이 〈아우라〉의 공연을 망치기 위해 사주받은 이들이란 것을 알게 되었다.

[갤로리아 오픈식에 초대받은 한국 걸그룹 공연을 망치라니. 쯧! 같은 한국 사람끼리 뭐 하는 짓거리들인지…….]

해결사들의 속마음에 명성이란 단어는 나오지 않았지만 갤로리아 오픈식에 초대받은 한국의 걸그룹은 당연히 유토피아 〈아우라〉를 지칭하는 것일 터.

그렇다면 해결사들을 사주한 인물이 누구일지 안 봐도 비디오였다.

석기는 그것에 대비하여 물총을 준비하게 되었고, 해결사들이 행사홀 근처에서 염탐하고 있는 것을 눈치채자 즉각 행동에 나섰다.

블루문 마스터인 석기는 물을 신비로운 성수로 만들 수도 있지만, 반대로 사람을 해하는 최악의 물질로 변화시킬 수도 있었다.

또한 어느 정도 경지에 오르자 상대의 몸에 닿게 하는 것만으로도 효과를 보게 만들 수 있었다.

그리고 지금 같은 상황에선 블루의 말로는 페널티가 적용되지 않는다고 했으니 석기가 고통을 겪을 일도 없었다.

지금쯤 해결사들은 오장육부가 뒤틀리는 고통을 감내하지 못하고 죄다 화장실 안에 뻗어 있을 터.

'어제 해결사들을 만난 덕분에 대비해 놓길 천만다행이었지. 만일 아무것도 모르는 상태에서 〈아우라〉가 무대에 올라섰다면…….'

석기는 간식 테이블에 붙어 서서 즐겁게 웃고 있는 멤버들을 쳐다보며 속으로 안도의 한숨을 내쉬었다.

❀

한편, 화장실로 달려온 남기택.

어젯밤 고민이 많았던 그는 내심 생각한 것이 있었기에 지금까지 숨어서 몰래 해결사들의 행동을 지켜보고 있었다.

해결사들이 사주받은 일을 성공하면 한국으로 그냥 돌아가면 그만이지만, 만일 해결사들이 일을 실패할 경우가 문제였다.

해서 그도 자신의 앞날을 생각해야만 했기에 그것에 대한 대비를 하려는 의도에서 몰래 해결사들의 행동을 지켜본 것이다.

'하! 이게 대체 무슨 일이지?'

남기택이 코를 확 거머쥐었다.

지독한 악취가 풍기고 있었다.

그가 사주한 해결사 숫자는 다섯.

다섯 모두가 화장실 변기에 앉아 똥을 싸다가 기절한 것처럼 보였다. 그것도 하나같이 격한 고통에 몸부림치다가 기절한 이들처럼 처참한 분위기였다.

'이놈들이 유토피아 대표에게 물총을 맞고 나서 갑자기 화장실로 튀었어. 그러더니 이런 몰골이야. 설마 물총에 맞은 것 때문에 똥을 싸다가 기절까지 한다고?'

행사홀 밖에서 염탐을 하고 있던 해결사들 주위로 갑자기 나타나 보란 듯이 물총을 쐈던 젊은이. 순식간에 벌어진 일이었고, 마침 주변에는 해결사와 젊은이만 있던 상황이었다.

하지만 그걸 몰래 지켜보고 있던 남기택은 해결사들에게 물총을 쏜 젊은이가 바로 유토피아 대표 석기였다는 것을 알고 있었기에 내심 여러 가지 의문을 품고 있긴 했다.

'해결사들이 정보를 까발렸을 리는 절대 없을 텐데. 신 대표는 대체 어떻게 해결사들이 오픈식에 나타난 것을 알고 있었던 걸까. 그리고 신 대표는 왜 물총을 해결사들에게 쏜 걸까.'

더욱 의문인 것은 물총을 쏜 석기는 행사홀 안으로 사라졌지만, 반대로 물총을 맞은 해결사들은 아주 다급한 기색으로 죄다 화장실로 향했다는 점이다.

'물총을 맞았다고 똥을 싸다가 기절을 한다고?'

남기택으로선 백번 생각해도 납득이 되지 않았지만 지금은 그게 중요한 것이 아니란 것이다.

그가 사주한 해결사들이 무용지물이 된 상황이다.

물론 해결사들의 방해가 없더라도 〈아우라〉의 공연이 실패할 수도 있는 일이지만, 그건 기대하지 않는 편이 좋을 것이다.

유토피아 걸그룹 〈아우라〉.

아직 정식으로 무대에 선 적은 없지만 멤버들의 비주얼은 그야말로 최상급 걸그룹에 맞먹는 수준이다.

거기에 유토피아 식구들 앞에서 공연을 한 것으로 〈아우라〉 멤버들은 걸그룹으로 성공할 수 있다는 검증까지 거친 상태였다.

오장환 회장이 기를 쓰고 갤로리아 오픈식에 초대받은 〈

아우라〉의 공연을 망치고자 안달을 부리고 있는 것도, 솔직히 오장환도 〈아우라〉가 크게 뜰 것이라고 판단되었기에 이리 남기택을 중국으로 보낸 것일 터.

'하지만 사주한 해결사가 무용지물이 된 이상, 이번 일은 실패다. 오 회장 성격에 헛돈을 쓰고 일도 성공 못 한 것을 알게 된다면 나를 절대 가만두지 않을 터.'

남기택은 당장 결정을 내려야만 했다. 이곳에 계속 머물러 있는 것은 좋지 못했다.

'토끼자.'

남기택 보다 앞서 비서실장을 지낸 인물이 어찌 처리가 되었는지 익히 알고 있었다.

그도 한국으로 돌아가면 분명 죽게 될 것이라 생각하자 도주가 답이라 판단했다.

그렇게 백화점을 빠져나온 남기택은 남은 돈 가방을 들고 다른 나라로 도주하기 위해 허둥지둥 공항으로 움직였다.

※

한편, 명성미디어.

오장환의 표정이 불편해 보였다.

상하이 갤로리아 백화점 오픈식에 초대받은 유토피아 걸 그룹 〈아우라〉의 공연을 망치게 만들려는 의도로 비서실장 남기택을 중국 상하이로 파견했다.

그런데 아침까지만 해도 오장환에게 열심히 보고를 했던 남기택이 무슨 일인지 아까부터 전화를 받지 않고 있었다.

다시 전화를 걸어 봤다.

이제는 아예 전원이 꺼졌다는 메시지가 흘러나왔다.

연락 두절의 상황에 오장환의 안면근육이 와락 일그러졌다.

'혹시 남기택 이놈이 나를 배신한 건가?'

돈 가방 두 개를 만들어 주었다.

중국에 오래전부터 거래하던 딜러상이 있었기에 전화 한 통만으로 쉽게 돈 가방 두개를 만들어 낼 수 있었다.

어젯밤에 남기택이 보고하길 돈 가방 하나를 해결사들의 사주 자금으로 사용하게 되었다고 했다.

그렇다면 남은 돈 가방.

'설마 돈 가방을 갖고 튄 걸까? 아냐, 그런 무모한 짓을 저지를 놈은 아닐 거야. 그렇다면 아직 행사 전일 테니⋯⋯.'

오장환이 손목시계를 확인했다.

아직 행사까지는 여유가 있었다.

'지금쯤이면 슬슬 오픈식 행사에 들어갈 시간이니 바빠서 그럴 수도 있을 거야.'

오장환은 비서실장 남기택의 연락 두절이 꺼림칙했지만 좀 더 기다려 보기로 했다.

'만일 그놈이 정말로 배신을 때린 거라면 중국에서 처리하면 그만이니.'

오장환은 사람을 믿지 않는 성격이다. 그래서 남기택을 중국으로 보내면서 혹시 딴짓을 할까 싶어 감시자를 하나 붙였다.

띠리링! 띠리링!

핸드폰이 울렸다.

남기택에게 붙여 놓은 감시자의 연락에 오장환의 눈빛이 사납게 일렁거렸다.

감시자에게서 연락이 왔다는 것.

그건 남기택이 오장환을 배신했다는 의미였기에.

-지금 공항입니다, 회장님! 남 실장이 돈 가방을 들고 다른 나라로 도주하려나 봅니다. 어떻게 처리할까요?

"죽여 버려!"

-알겠습니다.

오장환이 이를 빠득 갈아 댔다.

유토피아 걸그룹 〈아우라〉의 갤로리아 오픈식 공연을 망치라고 중국에 보낸 남기택이 도주를 택했다는 것은. 사주한 해결사들이 제대로 일을 해결할 상황이 아니라는 의미였기에 분노가 치솟았다.

마음 같아선 돈값을 못 한 해결사들까지 죄다 처리해 버리고 싶었지만, 그랬다간 자칫 일이 복잡해질 수 있었다.

'빌어먹을!'

잠시 후면 유토피아 걸그룹 〈아우라〉의 공연이 시작될 시간이다.

남기택이 사주한 해결사들에게 문제가 생겼다면 공연을 방해하지 못할 것이다.

만일 중국 공연이 성공한다면 〈아우라〉 멤버 중의 하나인 한여진의 인지도가 크게 올라갈 터.

'공연이 성공한다면 어렵게 알지 핸드폰 광고를 따낸 것이 별반 효과를 보지 못할 터.'

오장환은 유토피아 대표 석기의 웃는 낯짝을 떠올리자 속이 부글부글 끓어올랐다.

❀

상하이 갤로리아 백화점.

서연정이 단상에 올랐다.

그녀는 행사홀에 참석한 중국의 유명 인사들을 비롯하여 세계 각지에서 초대된 이들을 향해 중국 1호점 갤로리아 백화점 오픈을 선언했다.

"중국 1호점! 명품 백화점 갤로리아 오픈식에 참석해주신 여러분께 진심으로 감사드립니다! 오픈식 축하 기념 행사로 저희 갤로리아에 입점한 유토피아 제품들인 연예인 비누와 릴렉스 향수는 행사홀에 참석한 여러분들은 오늘 하루 절반 가격으로 구매할 수 있습니다!"

서연정의 발표에 행사홀에 참석한 사람들이 크게 술렁거리며 석기를 향해 엄지를 들어 올렸다.

오늘 오픈식 분위기를 띄우고자 서연정과 상의한 끝에 결정한 내용이었다.

석기 입장에선 절반 가격이라 해도 사실 한국과 같은 가격이었기에 손해 볼 일은 없었다.

"한국의 유토피아 걸그룹 〈아우라〉입니다!"

유토피아 걸그룹 〈아우라〉의 공연이 시작되었다.

갤로리아 행사팀에선 오늘 행사를 위해 만반의 준비를 한 탓에 무대의 조명과 음향 장비까지 나무랄 데가 없었다.

그런데 무대에 선 〈아우라〉 멤버들의 입에서 흘러나온 가사는 한국어가 아닌 중국어였다.

중국의 유명 인사들이 갤로리아 오픈식에 잔뜩 초대된 상황이었다. 한국 걸그룹이라고 으레 한국말로 노래를 부를 것이라 생각했던 이들로선 뜻밖의 배려에 크게 감동한 기색이었다.

와아아아아아!

짝짝짝짝짝짝!

셋의 노래가 끝나자 우레와 같은 박수가 쏟아졌다.

이어 한여진 차례가 되었다.

혼자 무대에 남은 한여진.

검은색 재킷에 별이 수놓인 의상을 걸친 한여진이 노래를 시작했다. 이번에는 한국어였다.

좋은 노래는 언어가 상관없다는 것을 증명했다.

행사홀 사람들은 하나같이 한여진의 매력에 흠뻑 빠져 버렸다.

중국 공연은 대성공이었다.

광고 콘셉트가 통과되다

인천국제공항.

중국 1호점 갤로리아 백화점 오픈식에 참석했던 석기와 일행이 다시 한국으로 돌아왔다.

"와아! 유토피아 신석기 대표다!"

"유토피아 걸그룹 〈아우라〉다!"

석기와 일행이 게이트를 빠져나오기가 무섭게 기자들이 우르르 이들 주위로 몰려들기 시작했다.

찰칵찰칵! 번쩍번쩍!

카메라 플래시가 눈부시게 터져 나왔다.

"신석기 대표님! 인터뷰 부탁드립니다! 중국 1호점 갤로리아 백화점 오픈식에서 유토피아 걸그룹 〈아우라〉의 공연이 있었다죠? 중국의 반응이 아주 좋았다고 들었는데, 기분이 어떠십니까?"

"매우 흐뭇합니다!"

"아직 국내에 이름이 알려지지 않은 신인 걸그룹 〈아우라〉를 중국에서 먼저 선을 보인 것은 대단한 도전이라고 봅니다! 원하는 결과는 얻으신 건가요?"

"물론입니다! 앞으로 유토피아 걸그룹 〈아우라〉는 국내 시장에서도 강렬한 존재감을 어필할 것이라 자신합니다!"

"중국 1호점에 유토피아 제품들인 연예인 비누와 릴렉수 향수가 입점을 했다고 들었습니다. 두 가지 제품 말고 다른 제품에 대한 출시는 계획한 것이 없습니까?"

이번 기자의 질문에 석기가 긍정의 의미로 가볍게 고갤 끄덕여 보였다.

실은 유토피아 화장품 세 번째 제품으로 립스틱을 기획하고 있었다. 상하이 갤로리아 백화점 오픈식이 끝나고 나면 조만간 국내에 출시할 계획이었다.

게다가 립스틱 명칭.

유토피아 걸그룹인 〈아우라〉가 갤로리아 오픈식 공연을 성공하게 될 경우, 〈아우라〉를 확실하게 부각시키기 위해서 립스틱 제품명을 아예 〈아우라〉로 정할 생각이었다. 그걸 이 자리에서 발표하는 것에 석기는 기분이 좋았다.

"조만간 립스틱이 출시될 겁니다! 유토피아 화장품에서 세 번째 제품이 될 립스틱은 유토피아 걸그룹인 〈아우라〉의 명칭을 따서 〈아우라〉로 정할 생각입니다!"

기자들 앞에서 공식적으로 밝힌 립스틱의 상호에 대한 석기의 발언은 그만 〈아우라〉 멤버들을 크게 감격하게 만들었다. 눈물이 글썽거리는 정나우, 한여진, 서이서였다.

석기의 인터뷰가 끝나자, 이번엔 다른 기자 하나가 〈아우라〉 리더인 정나우를 향해 마이크를 들이댔다.

"국내에서는 아직 이름이 알려지지 않은 신인에 불과한 〈아우라〉입니다. 그럼에도 불구하고 갤로리아 오픈식에서 당당히 존재감을 과시하게 된 점에 대해 대한민국의 한 사람으로 기쁘게 생각합니다. 한데 중국 공연에서 부른 노래들이 모두 정나우 양이 만든 노래라고 들었는데, 사실입니까?"

"네! 맞아요! 제가 만든 노래입니다!"

정나우는 기자의 질문에 얼른 눈물을 훔치며 대답했다. 비행기에서 내리면 기자들이 인터뷰를 요청할 수 있다는 석기의 말을 들었을 때는 반신반의했다.

그런데 그것이 정말이었다.

기자들의 수가 너무 엄청났다.

"축하해요, 정나우 양! 중국 공연에서 부른 노래들이 상당한 호평을 받았다고 들었습니다. 그리고 MB방송국 드라마의 OST로 사용될 계획이라는 말도 있던데 그것도 사실입니까?"

"네! 맞아요."

"공연에서 〈연모〉라는 노래를 중국어로 불렀다고 하던데, 그것도 정나우 양이 의도한 일이었습니까?"

"아뇨, 그건 대표님께서 제안하신 일입니다. 중국 공연이니 한 곡 정도는 중국어로 불러도 괜찮지 않겠냐는 말씀에 저희 멤버들이 좋다고 찬성했습니다."

"그렇게 된 거였군요."

기자가 이번엔 서이서에게도 마이크를 들이댔다.

"MB방송국 드라마 오디션에 참석했다가 유토피아 〈아우라〉 걸그룹이 된 것으로 알고 있습니다. 걸그룹 멤버가 된 것을 어떻게 생각하죠?"

"먼저 저를 걸그룹 멤버로 뽑아주신 유토피아 대표님께 감사드립니다! 나우 언니와 여진이랑 같은 멤버가 된 것은 제 인생 최고의 행운이라 생각해요! 그리고 유토피아 화장품 세 번째 제품인 립스틱이 저희 걸그룹을 따서 이름을 지은 것 너무 감동 먹었어요! 대표님 진짜 진짜 멋져요! 헤헤!"

서이서가 해맑게 웃었다.

동안인 탓에 웃는 얼굴이 아주 잘 어울렸다. 안무를 출 때 멤버들 중에서 가장 섹시하게 보이던 서이서였지만, 지금은 너무 천진난만해보였다. 그걸 보면 확실히 팔색조의 매력을 지닌 인물이었다.

마지막으로 기자가 그룹의 막내인 한여진의 인터뷰를 따

고자 했다.

"한여진 양! 중국 공연에서 〈성야환상곡〉이란 노래를 혼자 부르셨다고 들었습니다. 〈연모〉와는 달리 〈성야환상곡〉은 한국어로 부른 이유가 있나요?"

"대표님께서 두 곡을 모두 중국어로 부르기보단 한 곡은 한국어로 가자고 하셨어요. 그래서 〈성야환상곡〉은 한국어로 부르게 되었고요. 생각보다 제 노래를 많은 분들이 좋게 평가해 주셔서 정말 감사하게 생각합니다."

한여진의 공손한 답변에 기자들의 표정은 어딘지 흐뭇해 보였다. 중국에서 당차게 한국어로 노래를 불러 오픈식에 참석한 이들을 감동의 도가니에 몰아넣은 것을 생각하자 기자들은 괜히 가슴이 뿌듯했다.

그때 기자 중에서 눈빛이 좋지 못한 누군가 한여진을 향해 질문을 시도했다.

"한여진 양! MB방송국 드라마 조연 배역을 차지하셨다죠? 한데 같은 시간대에 편성될 KB방송국 드라마의 조연 배역을 따낸 진수아 양이 이번에 알지 핸드폰 광고를 찍게 되었다는 소식입니다. 이 점에 대해 한여진 양은 어떻게 생각하죠?"

이번 기자의 질문은 뭔가 의도가 있는 질문이란 생각에 석기가 저지를 하려는 찰나.

"수아가 알지 핸드폰 광고를 찍게 되었다니 잘되었네요!"

한여진은 전혀 불쾌한 기색 없이 환하게 웃는 얼굴로 기자를 향해 답변해 주었다.

한여진을 흔들어 볼 목적으로 던진 질문에 별반 타격을 받지 않는 것에 기자는 그만 인상을 찡그리며 뒤로 물러났다.

"더는 질문을 받지 않겠습니다."

석기가 나서서 기자들을 물렸다.

방금 질문을 던진 기자는 명성의 오장환이 사주한 기자임을 알 수 있었다.

한여진과 드라마 시청률을 놓고 경쟁을 하게 된 진수아를 중국 공연을 성공하고 돌아온 〈아우라〉에 은근슬쩍 묻어 가려는 의도에서 꺼낸 것도 있었지만, 진수아가 알지 핸드폰 광고를 따낸 것을 알려 주어 한여진의 질투를 유발하려던 목적이 컸다.

하지만 한여진은 진수아가 알지 핸드폰 광고를 찍든 말든 아무런 타격을 받지 않는다는 태도를 취한 것이다.

"잘했어요."

기자들과의 거리가 멀어지자 석기는 한여진을 돌아보며 칭찬해 주었다.

명성미디어.

석기와 일행이 공항에서 기자들과 인터뷰를 한 내용이
MB방송국의 뉴스로 보도되었다.

　─중국 갤로리아 백화점 오픈식에 참석했던 유토피아 신석기 대
표와 그곳의 걸그룹 〈아우라〉가 오늘 한국에 들어왔습니다. 유토피
아 신석기 대표는 유토피아 화장품 세 번째 제품인 립스틱을 조만
간 국내에 출시할 계획이라고 합니다. 립스틱 상호는 중국 공연에
서 호평을 받은 걸그룹의 명칭을 따서 〈아우라〉로 출시될 것으로
밝혀졌습니다.

　앵커의 멘트가 끝나자 석기와 아우라 멤버들의 인터뷰 장
면이 나왔지만, 마지막 명성에서 사주한 기자가 진수아를 언
급한 내용은 보도되지 않았다.
　"빌어먹을!"
　오장환이 불만이 가득한 기색으로 TV 화면을 노려봤다.
　혹시 몰라서 기자를 사주하여 진수아 이름을 언급하게 만
들었지만 전혀 효과를 보지 못한 것이다.
　바로 그때였다.

　─중국에서 들어온 또 다른 소식입니다. 상하이 공항의 남자 화
장실에서 한국인 변사체가 발견되었다고 합니다. 복부를 칼에 찔려
과다출혈로 숨진 것으로 밝혀졌는데 중년 남성의 신원은 한국의 명

성미디어 직원으로 밝혀졌습니다.

이번의 뉴스에 그만 오장환의 표정이 험악하게 일그러졌다.

중국 상하이로 보낸 남기택에게 감시자를 붙여 놓았는데, 그가 배신을 때린 것을 알게 된 오장환은 분노를 금치 못하며 감시자에게 남기택을 죽여 버리라고 지시했다.

남기택의 신분이 노출되었다는 것.

감시자가 일을 제대로 처리하지 못했다는 의미였다.

'돈 가방에 대한 얘기도 없다.'

그런데 뉴스에서 남기택이 소지했던 돈 가방에 대한 내용이 나오지 않는 걸로 보아선, 이건 필시 감시자가 돈 가방을 들고 어딘가로 날라버린 것이 틀림없었다.

남기택을 쫓아가 죽이라는 지시를 받은 감시자에게서 그 후로 전화 연결이 되지 않고 있었으니 말이다.

"이이익! 이런 처죽일 놈 같으니라고!"

되는 일이 하나도 없었다.

유토피아 걸그룹 〈아우라〉의 공연을 망치도록 중국으로 보낸 남기택은 오장환을 배신했고, 거기에 남기택의 감시자로 붙여 놓은 놈까지 돈 가방을 들고 날라 버린 것이다.

똑똑!

밖에서 노크 소리가 들렸다.

그러더니 회장실 안으로 안색이 창백해진 비서가 다급히 들어와 오장환에게 보고했다.

"회장님! 남 실장님이 중국에서 살해당했다고 합니다! 그 문제로 형사들이 회장님께 물어볼 것이 있다고 찾아왔는데, 어떻게 할까요?"

"어떻게 하긴 뭘 어떡해! 내가 부하 직원까지 일일이 신경 써야 해? 당장 쫓아내!"

비서실장 남기택이 상하이 공항 화장실에서 변사체로 발견된 것은 오장환의 지시로 벌어진 일이었지만, 그걸 순순히 자백할 인간이 아니었기에 찾아온 형사들을 쫓아내라고 지시했다.

하지만 오장환 뜻대로 되지 못했다. 형사들이 문을 열고 안으로 들어와 버린 것이다.

당황한 비서는 형사들을 쫓아내려 했지만 덩치가 육중한 형사들의 분위기에 질려 오히려 한 발 뒤로 물러서고 말았다.

"오장환 회장님! 명성미디어 비서실장인 남기택 씨가 중국 상하이 공항에서 변사체로 발견되었습니다! 그것에 대해서 물어볼 것이 있어서 이렇게 방문하게 되었습니다!"

감히 회장실까지 쳐들어온 형사들을 당장 밖으로 내치고 싶었지만, 오장환은 꾹 참고 답변해 주었다.

"방금 뉴스를 통해 남 실장의 일을 알게 되었소. 남 실장의 죽음은 나도 유감스럽게 생각하고 있소. 며칠 휴가를 달

라길래 허락했는데 하필 중국 상하이에서 그런 봉변을 당할
줄은 미처 몰랐소."

"그럼 회장님께선 남 실장이 상하이로 간 것을 전혀 몰랐
다는 말인가요?"

"그걸 내가 어찌 알겠소? 우리 회사는 사생활을 존중하는
편이오."

"휴가 중인 남 실장과 연락한 적도 없으시고요?"

"이왕 휴가받은 것, 편하고 쉬고 오는 것이 좋을 듯싶어
일부러 연락하지 않았소. 한데 그것이 뭐가 문제 있소?"

"흐음, 아닙니다. 혹시 회장님 핸드폰을 제가 잠시 확인해
봐도 되겠습니까?"

"그러시오."

오장환은 자신에 찬 기색으로 핸드폰을 형사에게 건넸다.
잠시 핸드폰 통화 목록을 살펴보던 형사의 눈빛이 흔들렸다.
며칠 간 남기택과의 통화 내역이 없었던 탓이다.

'병신들! 아무리 찾아봐라. 내가 남 실장과 통화한 증거는
찾아내지 못할 테니까.'

중국 상하이로 떠난 남기택과 통화를 주고받았던 폰은 바
로 대포 폰이었던 것이다.

만약의 사태를 대비해서 안 좋은 일을 사주할 때는 필히
대포 폰을 사용했다.

"실례했습니다."

오장환을 찾아왔던 형사들이 건진 것이 전혀 없이 그만 회장실에서 물러가는 수밖에 없었다.

그렇게 형사들이 물러가자 오장환은 비서들을 죄다 회장실로 집합시켰다.

비서실장 자리가 빈 것이다.

그것을 대처할 인물이 필요했다.

일렬로 늘어선 여섯 명의 비서들을 살펴보던 오장환의 시선이 한 인물에게 꽂혔다. 여섯 중에서 두 번째 서열인 셈이나, 위축된 다섯과 달리 그만 태연했다.

"뉴스를 봤으니 다들 잘 알 거야. 상하이로 휴가를 떠났던 남 실장이 그곳에서 죽었다고 하더군. 지금부터 자네가 비서실장을 맡도록 해."

비서들 중에서 남기택 후임으로 알려진 인물을 제치고, 두 번째 서열인 비서를 비서실장으로 지목된 것에 비서들의 표정이 굳어졌다.

그의 이름은 양기택.

남기택과 같은 이름이라는 것에 남기택은 평소 그를 몹시 싫어했다.

사실 뉴스를 통해 그는 남기택이 상하이에서 죽은 것을 알고 속으로 기뻐했다. 그랬는데 이렇게 비서실장 자리까지 차지하게 된 것에 세상을 손에 거머쥔 기분을 느꼈다.

오장환을 향해 허리를 반으로 굽힌 양기택.

"감사합니다, 회장님! 열과 성을 다해 회장님을 보필하겠습니다!"

❈

유토피아 회의실.

석기는 중국을 다녀온 후 임원들의 회의를 소집했다.

전무이사 박창수, 연구팀장 구민재, 기획홍보팀장 홍민아, 기획사 사장 채현우, 광고팀장 유승열이 회의에 참석했다.

상석에 자리한 석기.

사실 회의실에 모인 이들은 모두 석기에 의해 유토피아에 합류하게 된 인물들이었다.

속마음을 통해 사람의 생각을 들을 수 있는 석기의 능력이었기에 인성에 대해선 의심할 여지가 없는 인물들이라고 보면 되었다. 그들은 석기에 대한 충성심도 매우 강했다.

석기가 회의를 소집한 이유.

명성 오장환 회장의 비서실장 남기택이 상하이 화장실에서 변사체로 발견된 상황이었다.

남기택이 죽은 것은 오장환의 짓거리라고 확신하고 있는 석기로선 회의실에 자리한 이들에게 오장환에 대한 경각심을 갖게 해 줄 필요가 있다고 생각했다.

그리고 석기는 조만간 출시될 립스틱의 광고를 유토피아

걸그룹 〈아우라〉에게 맡길 생각이었기에 그것에 관해서도 회의가 필요했다.

석기는 일단 남기택의 문제부터 거론했다.

"명성미디어 오장환 회장의 비서실장이 상하이 공항에서 변사체로 발견되었습니다. 그것도 하필 유토피아 걸그룹 〈아우라〉의 공연이 있던 날에 말이죠."

그러자 박창수가 눈빛을 빛내며 상석에 자리한 석기의 얼굴을 지그시 주시했다.

상하이에서 갤로리아 오픈식이 진행되기 전에 석기가 잠깐 행사홀 밖에 볼일이 있다면서 나간 적이 있었다.

석기가 금방 돌아오긴 했지만 그때 당시 박창수는 무슨 일이 생긴 것임을 눈치채고 있었다.

"대표님께선 그것이 명성의 오장환 회장과 연관이 있는 일이라고 생각하고 계시나 보군요."

박창수의 말에 석기가 씁쓸한 표정으로 고개를 끄덕여 보였다.

"맞아요. 오장환 회장의 성격상 유토피아 걸그룹 〈아우라〉의 중국 공연이 성공하는 것을 절대 두고 볼 사람이 아니니까요. 그래서 〈아우라〉의 공연을 방해할 목적으로 남기택 비서실장을 상하이에 급히 파견했을 확률이 높습니다."

기획홍보팀장 홍민아가 고개를 살짝 갸우뚱거렸다.

"그렇다고 사람을 죽일 필요가 있을까요?"

이번엔 구민재가 나섰다.

"오장환 회장이라면 얼마든지 그러고도 남을 인간입니다. 전에 유토피아 화장품과 명성 화장품이 갤로리아에 입점하는 문제를 놓고 경쟁하게 되었을 때 오장환 회장은 해결사로 하여금 저를 납치하도록 사주했습니다. 만일 그때 신 대표님의 도움이 없었더라면 지금 제가 이 자리에 있지 못했을 수도 있습니다."

과거의 일을 회상한 구민재는 입술까지 부르르 떨어 대며 흥분한 모습을 보였지만, 석기의 측근인 박창수는 그때의 상황을 익히 알고 있었기에 침착한 태도를 보였다.

하지만 나머지 사람들은 크게 놀란 눈치였다. 그러다 홍민아가 조심스레 입을 열었다.

"그렇다면 남기택 비서실장이 상하이 공항 남자 화장실에서 변사체로 발견된 것은 〈아우라〉의 공연이 성공했기 때문일 수도 있겠네요."

홍민아의 말에 석기가 심각한 표정으로 응대했다.

"그렇다고 봐야 할 겁니다. 갤로리아 오픈식에는 초대를 받은 이들만 입장할 수 있었으니까요. 남기택 비서실장이 해결사를 사주했지만 오장환 회장의 지시를 따르지 못한 것에 부담을 느끼고 도주했을 확률도 있습니다. 그걸 오장환 회장이 눈치채고 배신한 남기택 비서실장을 감시자를 통해 처리토록 지시를 내렸을 거라 생각합니다."

석기는 상하이 공항에서 변사체로 발견된 남기택의 상황을 익히 유추할 수 있었다.

갤로리아 오픈식에 초대받은 〈아우라〉의 공연을 망치게 하려는 의도로 남기택이 해결사를 사주했지만 석기로 인하여 해결사들은 일을 실패했다.

백화점 화장실에서 똥을 싸다가 기절한 해결사들을 발견한 남기택은 필시 위기를 느끼고 도주를 선택했을 터. 비열한 오장환 성격에 남기택을 믿지 못하고 감시자를 붙여놓았을 터. 그래서 결국 남기택은 감시자에 의해 목숨을 잃게 되었을 것이라 여겼다.

"네? 만일 이게 사실이라면 정말 무서운 사람이네요!"

"이렇게 되면…… 비서실장이 둘이나 죽은 셈이 되겠군요."

"맞아요. 남기택 비서실장 말고도 앞서 오장환 회장의 비서실장을 맡았던 인물도 인천 부두항에서 물에 빠져 죽었으니."

그 말에 홍민아, 유승열, 채현우는 굳어진 표정으로 어깨를 흠칫거렸고, 박창수와 구민재도 오장환이 노리는 목표가 바로 유토피아라는 점을 새삼 상기했는지 표정이 그리 밝지가 못했다.

"너무 불안하게 생각하지 마세요. 남기택 비서실장에 관한 일을 꺼낸 것은 물증은 없는 상태이나 그래도 여러분이 명성의 오장환 회장에 대해 경각심을 갖으라는 의미에서 꺼낸 것이니까요. 저는 유토피아 대표로서 여러분의 안위에 문제가 생기지 않도록 최선을 다할 생각입니다. 그러니 저를 믿고 각자 맡은 일에 충실히 임하시면 됩니다.”

석기의 굳건한 태도에 홍민아가 안도의 한숨을 내쉬면서 환하게 웃어 보였다.

“저는 대표님을 믿습니다! 전에 구민재 연구팀장님을 구해주신 것처럼, 저희에게 문제가 생겼을 때도 반드시 대표님이 구해 줄 것이라고 생각해요. 호호!”

“맞습니다! 대표님 사랑합니다!”

“저도 사랑합니다!”

“하하! 저는 연모합니다!”

회의실에서 유일한 홍일점인 홍민아 덕분에 가라앉으려던 회의실 분위기가 대폭 밝아졌다.

스윽!

석기가 이번엔 유승열을 쳐다봤다.

“유 팀장님! 유토피아 화장품에서 조만간 립스틱이 출시될 예정이라는 것 알고 계시죠?”

“네! 잘 알고 있습니다! 게다가 공항에서 대표님께서 립스틱 명칭을 유토피아 걸그룹인 〈아우라〉의 명칭으로 하시겠다고 선포까지 하지 않으셨습니까?”

“그렇습니다. 해서 제가 한 말에 대한 책임을 질 필요가 있어서요."

"설마 립스틱 광고를 〈아우라〉가 찍게 하실 겁니까?"

"그럴 생각인데, 어떤가요?"

"아주 탁월하신 생각이십니다! 안 그래도 언제 그 말을 하시나 잔뜩 기대하고 있었습니다! 하하!"

광고팀장 유승열은 립스틱 광고를 유토피아 걸그룹 〈아우라〉가 맡게 된 것을 진심으로 즐거워하는 기색이었다.

"호호! 물 들어올 때 노를 저으라는 말처럼, 지금이 바로 기회라고 생각해요. 중국 공연을 크게 성공한 〈아우라〉로 립스틱 광고를 찍게 된다면 광고 효과도 최상의 효과를 거둘 테지만, 〈아우라〉 멤버들을 대중에 알리는 일로도 효과 만점일 것이라 판단합니다! 특히 명성의 진수아 양과 드라마로 시청률 경쟁을 하게 된 한여진 양을 위해서도 립스틱 광고는 반드시 〈아우라〉 찍어야 된다고 생각합니다! 이번 기회에 알지 핸드폰 광고 따위 명함도 내밀지 못하게 밟아 줄 필요가 있습니다!"

유토피아 기획홍보팀장인 홍민아까지 적극적으로 나섰다.

뜨거운 회의실 분위기에 석기는 기분이 좋았다.

"유 팀장님! 립스틱 광고 〈아우라〉 멤버들의 끼와 개성이 매력적으로 드러날 수 있도록 잘 찍어 주세요."

"맡겨만 주십시오! 제 인생 걸작이 될 수 있도록 영혼을 갈아 넣겠습니다! 하하하!"

유승열은 유토피아 걸그룹의 노래에 푹 빠졌는지 아주 열기가 넘치는 기색이었다.

그때 기획사 사장인 채현우가 석기를 향해 의견을 밝혔다.

"대표님! 립스틱 광고 모델에 대한 결정이 났으니 〈아우라〉 멤버들과의 미팅은 당장 오늘 오후에 잡도록 하는 것이 좋겠습니다. 서 작가님 드라마가 촬영에 들어가기 전에 먼저 광고를 끝냈으면 합니다."

"그것도 좋겠군요. 이왕이면 명성의 진수아가 찍을 알지 핸드폰 광고가 보도될 시기에 맞춰 우리 쪽도 립스틱 광고를 매스컴에 선을 보이는 것이 재미있긴 하겠네요."

"하하! 맞습니다! 〈아우라〉의 노래만으로 이미 게임은 끝난 셈이나 그래도 광고까지 화력을 퍼부어 이번 기회에 명성을 확실하게 밟아버리는 것도 좋겠습니다!"

"그렇게 하시죠."

"넵! 허락해 주셔서 감사합니다!"

"그럼 이만 회의를 끝내도록 하죠. 다들 일어나셔도 좋습니다."

석기가 먼저 자리에서 일어선 순간.

웅웅—.

석기의 핸드폰이 진동음을 토해 냈다.

회의가 끝난 것에 임원들을 눈짓으로 물린 석기가 핸드폰을 귀에 가져갔다. 모르는 번호였지만 누구 연락인지 궁금했기에.

-안녕하세요. 여기는 오성전자 비서실입니다. 저희 사장님께서 유토피아 신석기 대표님을 오늘 뵈었으면 해서 이렇게 연락을 드리게 되었습니다.

"오성전자의 사장님께서 저를 뵙고 싶다고 하신다고요?"

그러자 석기 입에서 오성전자 사장이란 말이 흘러나온 것에 회의실 밖으로 나가려던 이들이 모두 걸음을 멈추고 석기가 상대와 통화하는 것을 지켜보게 되었다.

-그렇습니다. 저희 사장님께서 오성전자 냉장고 광고 문제로 신석기 대표님께 제안할 것이 있다고 하십니다.

그때 상대의 속마음이 들렸다.

[민예리 배우와 한여진! 같은 유토피아 소속이니 냉장고 광고를 찍게 된다면 사장님 말씀대로 케미가 괜찮기는 할 거야.]

상대의 속마음을 들은 석기의 눈빛이 반짝였다.

오성전자 냉장고 광고.

유토피아 소속인 민예리 배우가 오성전자 상반기 냉장고 광고 모델 1순위로 내정되었다는 것은 석기도 익히 알고 있던 바였다.

하지만 아직 정확하게 결정이 되지 않은 상황이었다.

그랬는데 중국 공연에서 유토피아 걸그룹인 〈아우라〉가 크게 성공을 거두자 그것의 여파로 냉장고 광고 모델로 유토피아 소속인 민예리와 〈아우라〉 멤버 중의 하나인 한여진이 결정된 것이 분명했다.

그래서 오성에서 유토피아 대표인 석기를 직접 만나서 그의 의중을 물어볼 생각이었던 모양이다.

석기는 상대의 속마음을 들었지만 침착하게 대처했다.

"냉장고 광고 문제라니 기대가 되는군요. 좋습니다. 한번 사장님을 만나 보도록 하죠."

상대와 통화가 끝났다.

석기의 입매가 흐뭇하게 올라간 것을 발견한 박창수가 나머지 이들을 대신하여 대표로 물었다.

"대표님! 무슨 일입니까?"

회의에 참석했던 이들 모두가 밖으로 나가지 않고, 호기심이 가득한 기색으로 석기를 빤히 바라보고 있는 상태였다.

석기가 그런 분위기를 즐기듯이 대표로 나선 박창수를 향해 웃으며 대꾸를 흘렸다.

"오성전자에서 냉장고 광고를 우리에게 제안할 모양입니다. 보다 정확한 것은 오성전자 사장을 만나서 직접 들어 봐야겠지만 말이죠."

석기의 말에 다혈질 기질이 농후한 홍민아가 주먹을 마구 흔들며 기쁨을 표시했다.

"와아! 대표님! 그럼 민예리 배우님이 오성 냉장고 광고를 찍게 되는 건가요? 오성 냉장고 광고 모델 1순위로 내정되었다는 소문은 듣긴 했는데 이제 결정이 난 모양이죠?"

홍민아의 말에 석기는 긍정도 부정도 하지 않고, 그저 조용히 웃음으로 대신했다.

민예리뿐만이 아니라 한여진까지.

오성에서 냉장고 광고 모델로 둘을 섭외하려는 의도였지만, 그건 상대의 속마음을 통해 들은 내용이었기에 아직 밝힐 단계는 아니었다.

기획사 사장이자 민예리의 형부인 채현우도 민예리가 오성 냉장고 광고를 찍게 된 것에 크게 감격한 기색이었다.

오성 냉장고 광고는 대형 광고에 속했다. 광고 모델료도 다른 광고에 비해 몇 배로 클뿐더러 연예계에선 오성 냉장고 광고를 찍었다는 것만으로 입지가 올라간다는 점.

"하하하! 민예리 배우님이 소식을 듣는다면 아주 기뻐할 겁니다!"

"채 사장님! 민예리 배우님께는 제가 오성전자 사장님을 만나고 와서 밝히는 것이 좋겠습니다."

"물론입니다. 그래도 기분이 좋군요. 하하하!"

채현우의 즐거워하는 표정에 홍민아도 물개박수를 치며 좋아하다가 갑자기 생각난 것이 있는지 눈빛을 야릇하게 반짝거리며 석기를 쳐다봤다.

"대표님! 소문 들으셨는지 모르겠지만, 명성에서 진수아에게 오성전자 냉장고 광고를 찍게 하고자 오성을 찾아갔지만 거절을 당했다고 들었거든요. 근데 만일 우리가 오성 냉장고 광고를 차지하게 된다면 오장환 회장 속이 부글부글 끓겠죠? 흐흐!"

※

오성전자 사장 이한준.

그가 오성그룹에서 가장 효자 계열사로 알려진 오성전자를 맡게 된 것은 그의 사업적인 안목도 뛰어난 탓도 크지만, 사람의 됨됨이를 파악할 수 있는 안목 역시 갖추고 있었기에 가능했다.

예로 명성금융 전무이사 진태형.

일전에 진태형이 딸 진수아를 오성전자 냉장고 광고 모델로 삼을 목적으로 이한준을 찾아왔지만, 그가 진태형의 뜻을 쉽게 받아들이지 않는 것도 바로 자신의 안목을 중시했기 때문이었다.

국내에서 현금부자로 통하던 명성금융의 전무이사를 지내고 있는 진태형이기에 그와 친해 놓으면 당장은 사업적으로 득이 될지 모르나, 인생을 길게 보면 결국 해가 될 인물이라 여긴 탓이다.

진태형 눈엔 탐욕이 가득했다.

거기에 자신의 생각만이 옳다는 독선적인 성향의 인물임을 한눈에 간파할 수 있었다.

게다가 이한준이 친분을 나누기에 가장 혐오하는 유형이라 보면 되었다.

똑똑!

그때 사장실 문밖에서 노크 소리가 들리더니, 잠시 여유를 두고 안으로 젊은 사내가 들어왔다.

톱스타로 오해할 정도의 비주얼.

매력적인 분위기를 풍기는 젊은이였는데, 실버 톤 정장을 세련되게 차려입은 그가 주저함이 없이 뚜벅뚜벅 집무실 테이블에 자리한 이한준을 향해 다가왔다.

스윽!

그런 젊은이의 행동에 이한준이 자리에서 일어섰다.

"유토피아 대표 신석기입니다!"

거만함보다는 당당함이 느껴졌다.

이한준은 첫눈에 석기에게 호감을 갖게 되었다.

처억!

이한준이 웃으며 석기를 향해 손을 내밀었다.

"이한준입니다! 찾아와 주셔서 감사하게 생각합니다!"

"사장님 덕분에 대기업 오성을 구경하게 되어 영광입니다!"

이한준은 악수를 나누며 속으로 감탄했다.

사람의 눈을 보면 그 속에 그 사람의 내면이 담겨 있다고 생각했기에 상대의 진면목을 파악하는 데 많은 도움이 되었다.

　그런 점에서 석기의 눈.

　심장이 설레는 기이한 느낌을 받았다.

　　[묘한 젊은이다.]

　오성전자 냉장고 광고.

　국내에서 대형 광고로 통하는 냉장고 광고를 이한준이 비
서실을 통해 석기에게 먼저 언급한 셈이긴 했지만, 결국 석
기가 그를 찾아온 것은 냉장고 광고가 탐이 나서라고 생각
했다.

　하지만 석기의 눈빛은 탐욕보다는 누구도 찾지 않는 깊은
산속의 옹달샘을 대하듯이, 맑고 신비롭고 아름답기까지 했
고, 심지어 석기와 마주한 자체만으로 힐링이 되는 기분까지
들게 해 주었다.

　　[사람에게서 이런 기분을 느끼게 되다니 신선하군.]

　이한준은 오성전자의 사장이라는 직분으로 인해 그동안
사업적인 목적이든 개인적인 볼일이든 그가 만나 본 사람들
의 숫자는 이루 헤아리기가 어려울 정도로 많았다.

　하지만 석기처럼 특별함을 느끼게 하는 인물은 처음이었

다.

[유토피아 제품들에게서 풍기던 신비로운 느낌이 신 대표를 닮아서 그런 모양이군. 아직은 세상에 명성을 크게 떨치지 않은 인물이나 분명 앞으로 큰사람이 될 자다.]

이한준은 기분이 흐뭇했다.

오성전자의 사장인 그의 입장에선 석기는 아직 사업가로서 새파란 애송이나 진배없었다.

그럼에도 이한준은 석기를 매우 높게 평가했다.

민예리와 한여진.

두 사람을 오성의 냉장고 광고 모델로 적격이라 판단했고, 그래서 그곳의 대표인 석기를 직접 만나 보고 싶었다.

그랬는데 기대 이상이었다.

잠시 후. 이한준의 지시로 안으로 들어온 비서가 준비한 차를 테이블에 내려놓고는 밖으로 나갔다. 찻물로 입술을 축인 이한준이 먼저 서두를 떼었다.

"신 대표님을 제가 뵙고 싶다고 했던 것은 냉장고 광고 때문입니다. 유토피아 소속인 민예리 배우님과 〈아우라〉 걸그룹 멤버인 한여진 양을 저희 오성전자의 냉장고 광고 모델로 삼고 싶습니다."

이한준은 본래 석기가 사장실을 찾아오면 적당히 그의 애를 태우다가 천천히 냉장고 광고에 대한 얘기를 꺼내고자 했다.

하지만 석기가 이한준 마음에 든다는 것에 본래 의도했던 것과는 달리 처음부터 석기 앞에 솔직하게 속내를 드러내 보였다.

'다행이다. 재력가라고 해서 다 같지는 않군. 오장환 회장과 같은 유형이면 어쩌나 싶었는데 역시 레벨이 달라.'

석기는 이한준 속마음을 들여다볼 수 있었기에 그의 진면목을 금방 파악할 수 있었다.

이한준의 태도는 석기와 유토피아에 호감을 내비치고 있었지만, 아직 자리에서 일어날 때까지는 완벽하게 끝난 것이 아니었다.

민예리와 한여진이 오성 냉장고 광고를 찍고 나서 그것을 매스컴에 보도되는 시기가 매우 중요했기에 석기는 오성전자에서 정한 시기를 따르지 않을 생각이다.

알지 핸드폰 광고 모델인 진수아.

진수아가 찍은 핸드폰 광고가 매스컴에 선보일 시기에 맞춰서 오성의 냉장고 광고를 대중에 노출시킬 의도였다.

유토피아 힐링센터에서 제대로 케어를 받은 민예리와 한여진이 찍은 광고를 대적하기에 진수아는 결코 상대가 되지 못할 것이다.

알지그룹에 악감정은 없다.

하지만 진수아가 하필 그곳의 광고 모델을 하게 되었다는 점에 그걸 두고 볼 생각이 없어졌다.

이왕 민예리와 한여진이 냉장고 광고를 찍을 생각이라면, 광고로 확실하게 진수아를 압도해 버릴 계획이었다.

하지만 문제는 있었다.

대기업 오성전자라는 점이다.

자존심이 강한 대기업의 체면도 있을 텐데, 석기의 요청을 이한준이 흔쾌히 받아들일지는 미지수였다. 허락을 받으려면 지금부터 밀당이 중요했다.

"저희 소속 연예인들을 좋게 봐주셔서 진심으로 감사하게 생각합니다! 한데 사장님께 광고 모델 계약에 앞서 드릴 요청이 있습니다."

"말씀해 보시죠. 어떤 요청일지 궁금하군요."

아직은 이한준은 석기의 말을 듣기 전이어서 그런지 그를 대하는 기색은 여전히 호의적이었다.

석기가 주먹을 꽉 거머쥐곤 천천히 입을 떼었다.

"민예리 배우님과 한여진 양이 오성의 냉장고 광고를 찍게 된다면, 광고가 매스컴에 공개되는 시기를 제가 결정할 수 있도록 해 주십사 하는 요청입니다."

"광고가 공개되는 시기를? 무슨 이유로 그런 요청을 하신 건지 물어봐도 되겠습니까?"

여타 기획사 대표라면 소속 연예인들에게 대기업 오성에

서 냉장고 광고를 찍게 해 주는 것만으로도 감지덕지라 여겨 간이고 쓸개고 빼줄 기세일 것이다.

하지만 석기는 달랐다.

이한준이 냉장고 광고를 찍게 해 준 것에 대해 감사 인사는 해도 비굴하게 저자세로 나오지 않았다.

오히려 한술 더 떠서 사장인 이한준에게 광고의 공개 시기에 대한 요청까지 하고 있었다.

이상하게 이한준은 이런 사실에도 불쾌함보다 궁금증이 더 컸기에 석기의 답변을 기다렸다.

"최상의 효과를 거두기 위해서입니다."

"최상의 효과? 그게 무슨 말씀이죠?"

오성전자 사장 이한준은 석기의 입에서 '최상의 효과'라는 말이 언급된 순간 내심 짚이는 것이 있긴 했다.

[신 대표도 드라마를 염두에 두고 있나 보군.]

이한준 속마음이 들렸다.

그러자 이한준이 '드라마'를 언급한 것에 석기의 눈빛이 밝아졌다.

오성전자에서 냉장고 광고 모델로 굳이 민예리와 한여진을 섭외하려는 이유가 밝혀진 셈이기도 했기에.

MB방송국과 KB방송국이 같은 시기에 드라마가 편성된다는 것을 오성에서도 염두에 두고 있다는 의미였기에 말이다.

그리고 오성에선 MB방송국 드라마가 KB방송국 드라마보다 흥행을 거둘 요소가 많다고 판단했다는 의미이기도 했다.

"사장님 입장에선 불쾌하게 여기실지 모르나, 저는 오성전자의 냉장고 광고를 이용하여 민예리 배우님과 한여진 양을 대중에 확실하게 어필하고 싶습니다. 또한 제가 말한 시기에 냉장고 광고를 매스컴에 노출시킨다면 오성전자에서도 최상의 광고 효과를 볼 수 있을 것이라고 생각합니다. 물론 결정은 사장님의 판단에 맡기겠습니다."

이한준이 석기 얼굴을 지그시 주시하다간 눈빛을 반짝이며 물었다.

"만일 제가 신 대표님 요청을 거절한다면 오성 냉장고 광고를 찍지 않으실 생각이십니까?"

석기가 빙그레 웃었다. 요청이 거절된다고 해도 냉장고 광고 같은 대어를 마다할 이유는 없었기에.

"물론 그건 아닙니다. 대기업 오성의 냉장고 광고를 찍을 기회인데, 그걸 마다할 이유는 없으니까요. 하지만 제 요청을 거절하신다면 손해 보는 쪽은 사장님이 되실 테니 현명한 판단을 내리실 것이라 생각합니다."

석기의 당차고 여유 있는 분위기에 이한준은 살짝 어이가 없긴 했지만 이상하게 석기의 이런 태도가 싫지 않았다.

겉으로 보이는 석기의 나이는 이한준의 조카뻘이라 볼 수도 있었지만, 지금 눈앞의 그는 마치 노련한 사업가처럼도 밀당을 즐기고 있었으니 말이다.

석기가 이렇게 나온 이유.

이한준의 속마음을 통해 답이 나왔다.

결코 이한준은 석기의 요청을 거부하지 못할 터. 냉장고 광고로 얻을 이익을 이한준도 익히 알고 있을 테니 말이다.

"재미있네요. 신 대표님은 제가 요청을 받아들일 것이라 여기는 눈치로군요."

"맞습니다. 사장님께서 저희 소속 연예인인 민예리 배우님과 한여진 양을 굳이 오성 냉장고 광고 모델로 섭외하려는 이유에 대해 생각해 봤습니다. 그래서 도달한 결과가 바로 MB방송국 드라마입니다. 오성에서도 드라마의 효과를 어느 정도 염두에 두고 계신 이유가 아닐까 싶습니다."

"하하하! 신 대표님, 정말 재미있는 사람이군요!"

이한준이 크게 웃음을 터트렸다.

오성 냉장고 광고 모델로 삼으려는 유토피아 소속인 민예리와 한여진에 관해 오성의 광고팀과 기획홍보팀에서 올렸던 보고 내용 중에 방금 석기가 말한 부분이 참고 자료로 포함되어 있었던 것이다.

오성의 직원들은 MB방송국과 KB방송국에서 공교롭게도 같은 시기에 드라마 편성을 받은 상황에 꽤 흥미를 느끼고 있었다.

서말숙 작가와 차정화 작가.

두 사람 모두 드라마계에서 베테랑 소리를 들을 정도로 히트 작가로도 유명했다.

하지만 오성 직원들은 서말숙 작가의 작품이 성공할 확률이 높다고 판단했다.

그래서 유토피아 소속 연예인들로 냉장고 광고를 찍는 문제도 큰 반발 없이 통과된 점도 있었다.

[확실히 치밀한 사람이다. 드라마가 방영되기 전에 냉장고 광고로 미리 홍보하겠다는 속셈이로군.]

사실 오성에서도 냉장고 광고 모델을 한 민예리와 한여진이 나오는 드라마가 성공하는 편이 판매실적에도 좋은 영향을 미칠 것은 당연했다.

"좋습니다! 신 대표님 요청대로 광고 공개 시기는 신 대표님의 뜻에 따르도록 하죠."

"잘 생각하셨습니다!"

석기가 환하게 웃어 주었다.

❖

명성미디어.

유토피아 소속 민예리와 한여진이 오성전자 냉장고 광고를 따낸 것이 오장환의 귀에 들어갔다.

"양 실장! 오성 냉장고 광고가 유토피아의 손에 넘어갔다는 말이 있던데, 사실인가?"

"그, 그렇다고 합니다."

새로 비서실장이 된 양기택.

그는 오장환의 호출에 바짝 긴장한 눈치였다.

"빌어먹을!"

콰앙!

오장환이 테이블을 거칠게 내려쳤다.

명성금융 전무이사인 진태형이 직접 오성의 사장을 만나서 부탁해도 들어주지 않았던 광고이다.

물론 오성의 사장 이한준이 진태형에게 나중에 민예리와 함께 찍게 되는 방법도 언급하긴 했지만 딸바보 진태형 입장에선 그건 진수아를 물 먹이겠다는 의미나 다름없었기에 차갑게 거절했다.

그랬는데 이렇게 오성전자에서 유토피아 소속인 민예리와 한여진으로 냉장고 광고를 찍겠다고 나온 것에 오장환은 복장이 터졌다.

"이이익! 좋아! 이렇게 된 이상 이제 방법은 하나뿐이다. 진수아가 찍을 알지 핸드폰 광고에 돈을 잔뜩 들여도 좋으니 최고의 광고를 만들도록 해야겠군."

오장환은 광고에 돈만 잔뜩 들어가면 아주 멋진 광고가 될 것이라 자신했다.

게다가 알지 핸드폰 광고는 명성제작사에서 광고를 맡기로 했기에 잘되었다면서 입에 거품을 물고 국내 역사상 최고로 호화로운 광고를 만들도록 지시를 내렸다.

❋

유토피아 대표실.

오성전자 사장 이한준을 만나고 유토피아로 다시 돌아온 석기는 광고제작팀장 유승열을 대표실로 불러들였다.

곰처럼 거대한 유승열 덩치다.

시커먼 잠바를 걸친 유승열이 안으로 들어와 소파에 자리한 석기를 향해 꾸벅 인사하고는 석기의 맞은편에 자리했다.

"오성에 다녀오신 일은 잘되었나 봅니다."

"내일 냉장고 광고 계약서를 작성하기로 했습니다."

석기의 대답에 유승열이 환하게 웃으며 축하 인사를 건넸다.

"축하드립니다! 오성전자 냉장고 광고는 국내에서 최고로 잘나가는 연예인들이 찍는 광고라고 한다죠? 그런 대형 광고를 따내시다니 정말 대단하십니다!"

"대단하긴요. 저야 그쪽에서 연락을 해서 찾아간 것뿐입

니다."

"하하! 그것이 대단하단 겁니다. 가만히 있는데도 대기업 오성에서 먼저 만나자고 대표님께 연락을 했다는 것이 중요합니다. 듣자하니 명성 쪽에선 오성을 제 발로 찾아가서 간곡히 부탁했는데도 들어주지 않은 모양이던데요."

명성을 언급하면서 일부러 양손을 싹싹 빌어 대는 유승열의 익살스러운 동작에 그만 석기가 피식 웃음을 흘리고 말았다.

사실 명성에서 눈독을 들인 오성전자 냉장고 광고를 유토피아가 떡하니 차지하게 된 것에 석기도 내심 기분이 통쾌하긴 했다.

하지만 광고제작팀장 유승열을 대표실로 따로 불러들인 것은 그에게 할 말이 있었기에 석기가 표정을 바로 했다.

"오성 냉장고 광고를 따낸 것은 기분이 좋긴 하지만, 한편으론 유 팀장님이 마음에 걸려서요."

"제가요? 왜요?"

"냉장고 광고를 유 팀장님이 맡았으면 참 좋았을 텐데 말이죠."

석기가 아쉽다는 눈빛으로 유승열을 쳐다봤다.

유토피아 광고제작팀.

본래는 홀리 광고제작사였지만 그곳을 인수한 석기였다.

유토피아에 광고제작팀이 있음에도 냉장고 광고를 오성에

맡긴 상황이니 마음이 편치 않았다.

"대표님! 저를 높게 평가해 주신 점은 감사하지만 상대는 대기업 오성입니다. 그곳에도 광고제작팀이 있지 않습니까? 최대한 멋진 광고를 제작해 낼 수 있을 겁니다. 그리고 이왕 말이 나왔으니 하는 말인데, 저는 〈아우라〉 립스틱 광고를 제작하는 것만으로도 충분히 만족하고 있습니다. 아까 걸그룹 〈아우라〉와 미팅을 가졌는데 참 좋은 아이들이더군요. 그 아이들과 함께 립스틱 광고를 뽑아낼 생각이라…… 죄송하지만 지금 다른 광고는 생각도 못 하겠습니다."

유승열의 너무 행복한 표정이다.

가식이 아닌 진심에서 우러나온 표정임을 안다.

유토피아 화장품에서 세 번째로 출시할 립스틱 광고에 최선을 다하겠다는 유승열의 마음이 느껴진다. 또한 립스틱 광고 모델인 〈아우라〉 멤버들을 정말로 마음에 들어 하고 있다는 것도 느껴진다.

'지나친 욕심은 오히려 부족한 것만 못하다는 것을 잊었어.'

오성전자를 나올 때였다.

문득 냉장고 광고를 유토피아에서 맡으면 좋았을 텐데, 하는 욕심이 들었다.

유승열의 재능을 믿은 탓도 있었지만, 한편으론 명성을 의식한 탓도 컸다.

명성에서 알지 핸드폰 광고를 제작한다는 것에, 유토피아에서도 직접 냉장고 광고를 찍어 명성을 눌러 주고 싶다는 욕심에서 그런 생각을 하게 되었다.

현재 유승열이 맡은 립스틱 광고가 있는데 그걸 간과했다.

만일 두 개의 광고를 유승열에게 맡겼다가는 자칫 이도 저도 아닌 광고가 될 수도 있었는데 말이다.

"제가 욕심을 부렸나 봅니다. 괜히 유 팀장님께 부담감을 안겨 줄 뻔했습니다."

"아닙니다! 대표님께서 저를 생각하시는 마음에 울컥했습니다. 그런 의미에서 저희 유토피아 립스틱 광고! 오성 냉장고 광고보다 더 멋지게 찍어 볼 테니 기대해 주십시오!"

"그래요. 유 팀장님이시라면 분명 멋진 광고를 찍어 낼 거라 봅니다."

"감사합니다! 하하하!"

만일 석기에게 오성 냉장고 광고와 립스틱 광고 중에서 하나를 택하라고 한다면. 살짝 고민도 없지 않을 터. 하지만 그래도 석기는 유승열을 응원할 것이다.

"한데 오성 냉장고 광고는 스케줄이 어떻게 되는 거죠? 립스틱 광고와 겹치면 곤란할 테니까요."

"냉장고 광고는 알지 핸드폰 광고와 같은 시기에 노출시킬 예정입니다."

"그렇다면 립스틱 광고를 먼저 선보이시죠."

"그게 가능하겠습니까?

"다행히 립스틱 광고 하나만 제작하는 것이니 얼마든지 가능합니다. 마침 대중은 〈아우라〉에 관심이 뜨거운 편이니 오히려 잘되었습니다. 립스틱 광고를 선보이기에 최적의 타이밍이죠. 게다가 립스틱 광고에서 배경 음악으로 깔릴 노래는 나중에 방영될 드라마에도 영향을 끼칠 테니까요. 이거, 잘하면 립스틱 광고로 일석삼조의 효과를 거둘 수 있을지도 모르겠군요. 하하하!"

"그렇게 되면 정말 좋죠."

유승열의 말은 일리가 있었다.

립스틱 광고 하나로 세 가지 효과를 거둔다.

일단 유토피아 화장품 립스틱에 대한 홍보에.

유토피아 걸그룹 〈아우라〉에 대한 홍보.

마지막으로 MB드라마 홍보 효과까지 노릴 수 있으니 말이다.

이렇게 되자 본래 올 하반기에 〈아우라〉 데뷔를 잡았던 계획이 일찍 앞당겨지게 된 것이 지금 와서 생각하면 아주 잘된 셈이었다.

이건 모두 상하이 갤로리아 오픈식에서 부른 〈아우라〉의 노래가 좋았기 때문일 터. 그 덕분에 광고 두 개를 찍게 되었다.

립스틱 광고를 일찍 선보여 일석삼조의 효과를 노려볼 수도 있다는 것.

'그렇다면 립스틱 광고를 언제 매스컴에 노출시키는 것이 답일까.'

석기의 머리가 바쁘게 굴러갔다.

지금 계절은 1월 초순.

MB방송국과 KB방송국에선 양쪽 모두 1월 중순경에 드라마 촬영이 시작될 테고, 드라마가 TV에 방영이 되는 시기는 3월 초로 편성된 상황이다.

오성 냉장고 광고와 알지 핸드폰 광고는 드라마가 방영되기 일주일 전에 노출시킬 예정이니 2월 중순경이 될 것이다.

"그럼 립스틱 광고는 1월 중순경. 냉장고 광고보다 한 달 앞서 드라마 촬영이 시작되는 시기에 맞춰서 매스컴에 노출시키는 것으로 하죠. 대신 그 안에 립스틱 광고 촬영을 비롯하여 편집까지 마감되어야 합니다. 부담스럽지 않겠어요?"

"전 괜찮습니다! 일정이 빡세긴 하겠지만 해 볼 만하다고 생각합니다! 천사 같은 〈아우라〉 멤버들과 함께하는 광고이니 즐거운 마음으로 임할 수 있을 겁니다!"

유승열이 주먹을 꽉 거머쥐었다.

열흘이란 기간 안에 광고를 뚝딱 만들어 내는 일이었으나 유승열은 자신에 찬 기색이다. 멤버들을 케어하는 문제는 힐링센터가 있으니 그곳을 최대한 활용할 생각인 듯했다.

하여간 〈아우라〉 멤버들과 립스틱 광고를 찍을 생각으로 열정에 불타오르고 있는 유승열의 분위기에 석기는 믿고 맡겨 보기로 했다.

그렇게 유승열이 대표실에서 나가자 이번엔 걸그룹 〈아우라〉 멤버들을 불러들였다.

"아까 유 팀장님과 미팅을 가졌다니 립스틱 광고를 찍는 것은 모두 알고 있겠군요."

"네! 헤헤!"

"너무 신나요! 우리가 립스틱 광고 모델을 하다니, 흐흐!"

잔뜩 흥분한 정나우와 서이서와 달리 한여진은 비교적 차분한 기색이었다.

"유 팀장님과 상의 끝에 립스틱 광고를 1월 중순경에 매스컴에 노출시키기로 했습니다. 그러다 보니 광고를 촬영하는 것이 빡빡할 수도 있을 겁니다. 힘들겠지만 여러분의 협조가 매우 중요합니다."

1월 중순경에 립스틱 광고를 매스컴에 노출시킨다는 석기의 말에 정나우와 서이서가 깜짝 놀란 표정을 짓다간 다급히 손사래를 쳐보였다.

"협조요? 저희들 협조 엄청 잘할 테니까 대표님께선 전혀 걱정하지 않으셔도 됩니다!"

"헤헤! 맞습니다! 광고를 찍게 되었는데 영혼을 갈아 버린다고 해도 기꺼이 응할 자신이 있습니다!"

다소 과격한 반응을 보이는 정나우와 서이서에 비해 한여진은 겉으로 보기엔 조용히 침묵을 유지하고 있는 것처럼 보였지만, 속내는 두 사람보다 더욱 시끄러웠다.

　　[대박! 대에박! 립스틱 광고 찍는다네! 에헤라디야~! 완전 좋아! 짱 좋아! 신석기 대표님 최고, 최고!]

한여진의 속마음을 들은 석기는 웃음이 흘러나왔지만 내색할 수 없었기에 그저 헛기침을 큼큼거리는 수밖에 없었다.

"맞다! 대표님 오성전자 다녀오셨죠?"

"그쪽에서 뭐래요? 여진이 냉장고 광고 찍게 해 준대요?"

석기가 오성전자 사장 이한준을 만나고 온 일이 벌써 유토피아 안에 소문이 쫙 퍼진 모양이었다.

정나우와 서이서는 초롱초롱한 눈빛으로 석기의 대답을 요구하듯이 그의 얼굴을 빤히 주시했다.

스윽!

석기가 대답 대신에 슬쩍 한여진 얼굴을 쳐다봤다.

짹짹거리는 참새와도 같은 정나우와 서이서와는 달리 여전히 한여진은 침묵을 유지하고 있었지만 볼이 발갛게 상기된 상태였다. 오성 냉장고 광고를 찍는 것에 대해선 그녀도 제법 기대하고 있다는 의미일 터.

"민예리 배우님과 한여진 양이 오성 냉장고 광고를 찍기로 했어요. 참고로 광고 모델 계약서는 내일 작성하게 될 겁

니다."

석기의 답변에 정나우와 서이서는 잔뜩 흥분했는지 두 주
먹을 움켜쥔 자세로 '아싸!'를 외쳐 댔고, 한여진은 다소 멍한
눈빛으로 석기 얼굴을 쳐다봤다.

[내가 오성 냉장고 광고까지 찍는다고? 이게 꿈이야 실
화야? 아무래도 꿈이겠지?]

한여진은 솔직히 립스틱 광고를 찍게 된 것만도 감지덕지
라고 여기고 있었다.

그랬는데 이번엔 오성 냉장고 광고 모델로 섭외되었다는
말을 듣자 전혀 현실감이 들지 않았다. 마치 꿈속의 일처럼
도 느껴졌다.

바로 그때였다.

처억!

한여진 좌우에 자리한 정나우와 서이서가 장난을 치듯이
한여진 볼을 양쪽에서 잡아당겼다.

"어때 여진아? 아프지? 꿈 아니니까 걱정 마!"

"흐흐! 우리 막내 광고 두 개나 찍고 완전 로또 맞았네! 그
것도 냉장고 광고야!"

그제야 한여진도 냉장고 광고를 찍게 된 것이 꿈이 아닌
실화라는 것을 깨닫고는 잔뜩 흥분한 기색이었다. 너무 흥분

해서인지 한여진은 자신도 모르게 앉았던 소파에서 벌떡 일어나 석기가 앞에 있다는 사실마저 망각한 채 그만 만세삼창을 외치고 말았다.

"만세! 만세에! 만세에! 신석기 대표님 만세에!"

그런데 끝에 왜 석기를 언급한 건지는 의문이긴 했지만, 감격에 겨워 눈물이 글썽인 한여진 모습에 정나우와 서이서가 이에 동참하듯이 그녀를 부둥켜안고는 함께 감격의 눈물을 좔좔 쏟아 냈다.

[우리 막내 다 컸네!]

[광고를 두 개나 찍다니! 언니들인 우리도 분발해야겠다!]

멤버들 중에서 오성 냉장고 광고를 혼자 찍게 된 한여진에게 질투보다는 따뜻하게 응원해 주는 정나우와 서이서의 훈훈한 분위기에 석기의 입가에 흐뭇한 미소가 맺혔다. 하지만 내일부터 광고 촬영이 시작될 텐데 눈물을 많이 쏟아 내선 곤란했다.

"자, 자! 다들 그만 울어요! 내일부터 립스틱 광고 촬영 들어가야 할 텐데 눈이 팅팅 부은 채로 갈 건가요?"

"핫! 마, 맞다! 울면 안 되는데!"

"여진아! 그만 울어! 뚝!"

"흐윽! 응! 알았어……."

정나우와 서이서가 눈물이 글썽인 한여진의 뺨을 닦아 주
며 머리를 쓸어 주었다. 그렇게 모두가 진정된 분위기이자
석기는 품안에서 법카를 꺼내 들었다.

"오늘 저녁에 소고기로 몸보신들 하세요. 앞으로 광고 열
심히 찍으려면 체력이 중요하니까 실컷 드셔도 좋습니다."

"네에?"

팀의 리더인 정나우가 석기가 내민 법카를 받아 들긴 했지
만 기분이 요상했다.

다른 기획사 대표라면 내일부터 광고 촬영에 들어간다는
것에 당장 다이어트에 들어가라고 야단을 부릴 터였기에 말
이다.

"많이 먹고 푹 쉬고 나서 내일 봐요. 결제 얼마큼 했는지
확인할 테니 제대로 먹어야 합니다."

"그러다 저희들 뚱땡이 되면요?"

"맞아요. 내일 광고 찍는데 고기를 어떻게 실컷 먹어요."

"아침에 일어나서 광고 촬영에 들어가기 전에 힐링센터에
서 케어를 받으면 괜찮아요. 그러니 염려 말고 플렉스하세
요. 날이면 날마다 오는 법카가 아니니까요."

석기의 말에 멤버들이 다함께 '우리 대표님 최고다!'를 외
쳐 댔다.

명성제작사.

그곳은 명성미디어 안에 포함된 제작사로 본업은 영화나 드라마를 제작할 목적으로 설립된 곳이라 보면 되었다.

하지만 이번에 명성엔터의 소속 배우로 영입한 진수아가 알지 핸드폰 광고 모델로 섭외되는 바람에 명성제작사에서 부득이 핸드폰 광고를 제작해야만 했다.

더군다나 명성미디어 회장 오장환이 핸드폰 광고를 전폭적으로 지원하겠다는 발언을 한 탓에 대충 광고를 찍어선 안 되었기에 제작팀장 문성태가 제작사 직원들을 회의실로 집합시키게 되었다.

험악한 인상에 다혈질 기질.

전형적인 강약약강의 유형.

문성태는 회의실에 자리한 직원들을 둘러보며 어깨에 힘이 들어갔다. 명성제작사에서 첫 번째 진행하는 작업이 하필 광고 제작이라니 마음에 들지는 않았지만 그래도 오장환 회장의 특별 지시가 있었다.

"명성미디어 출범 이후 처음으로 제작하는 광고이기도 하지만 회장님께서 관심을 갖고 있는 광고이니 반드시 대박 광고로 만들어야만 할 거야! 그러니 제대로 된 광고 콘셉트가 나올 때까지는 다들 집에 들어갈 생각은 접도록 해!"

제작팀장 문성태의 서슬 퍼런 기색에 직원들은 새해가 된 지 얼마 되지도 않았는데 철야해야 한다는 것에 불만이 가득했다.

하지만 하필 회사의 수장인 오장환 회장이 눈을 대고 있는 광고라는 것에 직원들 입장에선 대놓고 싫은 소리를 할 수가 없었다.

그런데 철야도 불만인데 거기에 한수 더 뜨듯이 제작팀장이 다시금 폭탄선언을 했다.

"알지 핸드폰 광고가 매스컴에 보도되는 시기에 맞춰서 오성에서 냉장고 광고를 터트린다는 정보를 입수했다! 회장님께선 오성의 냉장고 광고를 압도하지 못할 경우 제작팀 전원 밥줄 끊길 각오를 하라고 하셨다! 그러니 다들 정신 똑바로 차리고 광고 콘셉트부터 확실하게 짜 내도록 해야 할 것이다! 알겠는가!"

"넵!"

"알겠습니다!"

제작팀장 문성태를 향해 직원들이 군기가 바짝 잡힌 기세로 큰 소리로 대꾸를 흘렸지만, 속내는 불만으로 가득했다.

'씨바! 이럴 줄 알았으면 명성제작사에 입사하는 게 아니었어.'

'허참! 영화를 제작하려고 들어왔는데 뜬금없이 핸드폰 광고를 찍으라니. 그것도 대박 광고? 이게 말이야 방귀야?'

'오성 냉장고 광고라면 국내에서 대형 광고 중에서 순위권 안에 드는 광고일 텐데. 그런 광고를 압도할 광고를 만들라고? 제작팀장 지금 제정신이야?'

'우씨! 철야를 할 것 같으면 공지를 미리 해 줬음 오죽 좋아. 오늘 여친이랑 영화 보기로 약속했는데.'

'하아! 내일이 우리 아들 생일인데 집에 들어갈 수 있을라나.'

하지만 계급이 깡패였다.

거기에 강약약강의 유형인 문성태 앞에서 감히 싫다는 소리를 했다간 본보기로 신나게 까일 것에 다들 속으론 한숨을 푹푹 내쉬며 광고 콘셉트를 짜내느라 골머리를 쥐어짜야만 했다.

직원들은 이틀이나 회의실에서 밤을 지새웠다.

그 덕분에 핸드폰 광고 콘셉트를 겨우 뽑아내긴 했다.

"다들 여기서 대기하고 있어! 회장님께 뽑아낸 광고 콘셉트를 보고하고 올 테니까. 만일 통과하면 다행이지만 그렇지 못할 경우 다시 철야를 해야 할 거야!"

제작팀장 문성태가 회의실에서 사라지자 이틀 동안 잠을 제대로 자지 못해서 기진맥진한 직원들은 죄다 테이블에 엎어져 잠시라도 눈을 붙이고자 했다.

문성태는 팀장이라는 이유로 따로 사무실을 갖고 있었기에 밤에 잠이라도 잤지만, 회의실에 몰아넣은 직원들은 전혀 그렇지 못한 상황이었던 탓이다. 겨우 한두 시간 쪽잠을 잔 것이 전부였다.

❁

명성미디어 회장실.

핸드폰 광고 콘셉트를 보고하고자 오장환을 찾은 제작팀장 문성태. 그는 직원들이 이틀 동안 머리를 쥐어짜서 얻어 낸 결과물을 오장환에게 보고했다.

"쯧쯧! 그것이 이틀 동안 철야해서 얻어 낸 결과란 말인가?"

"그, 그렇습니다만……."

제작팀장 문성태는 저승사자와도 같은 기세로 서늘하게 노려보는 오장환을 바짝 위축된 기색으로 쳐다봤다.

문성태도 머리가 있었다.

제작사 직원들이 이틀 동안 밤을 새우며 최선이라고 뽑아 낸 광고 콘셉트다.

그랬기에 솔직히 다시 짜라고 해도 이보다 좋은 광고 콘셉트를 뽑아내지 못할 터.

하지만 강자에겐 약하고 약자에겐 강한 문성태 성격이 문제였다. 제작사 직원들이 죽어나는 것보다는 오장환의 눈 밖에 나는 것이 더욱 두려웠다.

"이번 광고 콘셉트가 마음에 안 드신다면 다시 해 오겠습니다, 회장님!"

"그럼 다시 해 와! 그따위 광고 콘셉트로는 절대 오성의 냉장고 광고를 압도할 수 없을 걸세!"

"아, 알겠습니다! 이번에는 반드시 회장님 마음에 쏙 드는 광고 콘셉트를 뽑아 오도록 하겠습니다!"

"내일 아침까지 시간을 주지. 이번엔 꼭 그럴싸한 광고 콘셉트를 가져올 수 있도록 해야 할 거야! 돈이 얼마가 들어도 상관없으니 최대한 화려하게 뽑아봐! 대중 눈이 번쩍 뜰 정도로 말이야!"

오장환은 명성 정보팀을 통해 오성 냉장고 광고가 알지 핸드폰 광고에 맞춰서 매스컴에 보도하기로 했다는 정보를 입수했다.

그랬기에 더욱 핸드폰 광고를 찍는 문제에 오장환이 이렇게 혈안이 된 탓도 컸다.

오장환의 광기 어린 기세에 압도된 탓인지 등줄기로 식은 땀을 줄줄 쏟아 내던 문성태가 고개를 아래로 조아리며 벌벌 떨어 댔다.

"거, 걱정 마십시오, 회장님! 내일 아침까지 책임지고 그럴싸한 광고 콘셉트를 꼭 가져오도록 하겠습니다!"

"기회를 다시 줬는데도 제대로 일을 못 한다면 능력 부족으로 알고 자네를 비롯하여 제작사 전원 책상을 치워 버리도록 할 걸세. 쓸데없이 봉급만 축내는 것들을 봐줄 이유가 없지 않겠나! 안 그런가, 문 팀장?"

"헉! 지, 지당하신 말씀이십니다!"

회장실에서 나온 문성태.

오장환과 접대한 것이 그리 길지 않았음에도 하도 스트레스를 받아서인지 파김치가 된 분위기였다.

사실 그도 인간인지라 어렵게 짜낸 광고 콘셉트가 오장환에게 퇴짜를 당한 것에 속이 상했지만, 감히 회장 앞에서 내색할 수는 없었고 오로지 만만한 것이 바로 제작사 직원들이었다.

쾅당!

거칠게 회의실 문을 열었다.

문성태가 씩씩거리며 테이블에 엎어진 직원들을 둘러봤다.

울컥 화가 치밀었다.

그는 오장환에게 받은 스트레스를 직원들에게 풀듯이 마구 인신공격을 퍼부어 댔다.

"이런 똥덩어리 같은 쓸모없는 놈들! 지금이 잠잘 때야! 이런 개똥같은 것도 광고 콘셉트라고 짰어! 엉! 네놈들 때문에 내가 회장님에게 얼마나 깨졌는지 알아! 당장 일어나서 찬물로 세수하고 다시 광고 콘셉트를 짜도록 해! 내일 아침까지야! 그때까지도 그럴싸한 콘셉트를 건져 내지 못하면 전원 옷을 벗게 될 테니까 정신 차려!"

쾅당! 우당탕!

발로 테이블을 걷어차고 씩씩거리며 입에 거품을 무는 문성태의 광기 어린 분위기에 놀란 제작사 직원들이 허둥지둥 화장실로 향했다.

더럽고 치사했지만 먹고 살기 위해선 문성태의 말을 따라야만 했기에.

"이번엔 참신 따위 개나 줘버리라고 해! 무조건 화려하게! 그저 오장환 회장님 취향에 맞춰 최대한 화려한 광고 콘셉트를 짜는 것이 최상이야! 그것만이 우리가 살길이다!"

문성태가 적극적으로 나섰다.

그럴싸한 광고 콘셉트를 가져오지 못하면 책상을 치워 버리겠다는 오장환의 엄포에 이번에는 그도 회의실에서 밤을 지새울 각오였다.

"화려하게 말인가요?"

"그래! 돈이 얼마가 들어도 좋다고 하셨어! 회장님이 원하시는 광고는 무조건 화려한 것이야! 대중 눈에 번쩍 뜨일 광고를 원하셨으니 그렇게 하자고!"

"그렇다면…… 아예 광고 모델이 돈을 마구 뿌리는 광고를 찍는 것은 어떨까요?"

"그건 광고 심의에 걸릴 수도 있지만 너무 노골적이야. 꼭 돈이 아니더라도 대중이 현혹할 만한 것을 찾아봐."

"그럼 수천만 원짜리 명품 가방을 잔뜩 쌓아 놓고 불태워 버리는 것은 어떨까요? 회장님께서 돈에 상관하지 않는다고 하셨으니 말이죠."

명품 가방에 한이 맺힌 듯 아이디어를 낸 직원의 눈빛이 뭔가 요상하긴 했지만, 문성태 역시 처음으로 그럴 듯한 느낌을 받았다.

"명품 가방을 태우자고?"

"그러면서 광고 모델이 알지 핸드폰을 들고 짠하고 나타나서 '명품 가방보다 더욱 멋진 알지 핸드폰!'하고 말하는 겁니다!"

"팀장님! 그런 광고라면 대중에 확실한 눈요기는 될 듯싶은데요. 게다가 명품 가방을 태우려면 돈도 굉장히 많이 들 테고요."

직원의 말을 들은 문성태가 주먹을 꽉 거머쥐었다.

보통 광고로는 오장환을 절대 만족시킬 수 없다고 판단했다.

그렇다면 차라리 세간에 욕은 먹더라도 시선을 끄는 광고를 제작하는 편이 좋았다.

수천만 원을 호가하는 명품가방을 왕창 태운다는 상상만으로 벌써부터 심장이 쫄깃했다.

'오 회장이 원하는 대로 실컷 돈지랄도 하고 대중 관심도 끌 수 있을 테니. 좋아. 이것으로 가는 것이 괜찮겠군.'

다음 날 아침.

문성태는 밤새서 뽑아낸 핸드폰 광고 콘셉트를 인쇄한 서류철을 들고 회장실로 들어섰다.

"회장님! 제작사 직원들이 밤을 새서 뽑아낸 두 번째 핸드폰 광고 콘셉트입니다!"

서류철을 건네받은 오장환이 문성태의 초췌한 얼굴에도 그걸 당연하다고 여기는 눈치였다.

어제는 책임감 때문에 직원들과 함께 회의실에서 밤을 지새운 문성태였다.

타악!

오장환이 서류철을 옆에 던졌다. 제작팀장 문성태와 제작사 직원들이 밤새 머리를 맞대고 뽑아낸 핸드폰 광고 콘셉트이건만 그걸 배려할 생각이 전혀 없어 보였다.

소파에 깊숙이 기대앉아 다리를 꼰 자세를 취한 오장환이 당황한 문성태를 지그시 쳐다보며 말했다.

"말로 직접 설명해 봐."

그런 오장환 태도에 긴장한 문성태가 바짝 마른 입술에 얼른 침을 바르고는 보고를 시작했다.

"그, 그게 그러니까…… 이번의 광고 콘셉트는 수천만 원을 호가하는 명품 가방들을 잔뜩 쌓아놓고 불을 지르자는 겁

니다."

"수천만 원을 호가하는 명품 가방들을 불에 태워?"

오장환의 표정이 확 일그러졌다.

핸드폰 광고에 돈이 얼마가 들어도 좋다고는 했지만 막상 수천만 원을 호가하는 명품 가방들을 태워 버리자는 문성태 말에 기분이 불쾌해진 탓이다.

이런 오장환의 분위기에 문성태는 더욱 위축되어 절절 매면서 설명을 이어 갔다.

"명품 가방들을 태우려는 이유는 대중 관심을 끌려는 이유도 있지만 그게…… 핸드폰을 돋보이게 만들려는 취지라고 보시면 될 겁니다."

"하긴 수천만 원을 호가하는 명품 가방들을 불태우면 대중의 관심을 끌기는 하겠군. 한데 그게 어떻게 알지 핸드폰을 돋보인다고 생각하지?"

"광고 모델이 핸드폰을 들고 이렇게 말하는 겁니다. '명품 가방보다 더욱 멋진 알지 핸드폰!'이렇게 말이죠."

"흐음! 명품 가방보다 더욱 멋진 알지 핸드폰이라?"

오장환의 눈빛이 반짝였다.

실은 이번에도 문성태가 평범한 광고 콘셉트를 가져온다면 퇴짜를 놔 버릴 생각이었다.

사실 수천만 원을 호가하는 명품가방들을 불태운다는 소리를 들었을 때는 뒷목을 잡을 뻔했다.

하지만 광고 모델이 하는 말이 오장환의 귀에 쏙 박혔다.

'이번 것은 그럴싸하군. 명품 가방을 태워서 대중의 시선을 끄는 것도 신선하고. 돈값을 하는 광고가 될 수 있겠어.'

그러자 등줄기로 식은땀을 줄줄 쏟아 내는 문성태를 향한 오장환의 눈빛이 부드러워졌다.

"괜찮군."

"네에?"

"진행해 봐."

"하아! 가, 감사합니다, 회장님!"

"최대한 멋지게 잘 뽑아 보라고! 돈이 얼마가 들어도 좋으니 오성의 냉장고 광고를 뒤흔들 광고를 한 번 만들어 보란 말이야! 그렇게만 해준다면 제작사 직원들에게 인센티브를 빵빵하게 줄 테니까."

"감사합니다! 감사합니다, 회장님! 정말 열과 성을 다해서 회장님을 만족시켜 드릴 수 있는 멋진 광고를 뽑아 보겠습니다!"

잠시 후. 혼자 회장실에 남은 오장환의 입꼬리가 올라갔다.

'화끈한 광고가 되겠군. 이 정도면 오성 냉장고 광고를 충분히 압살할 수 있겠지.'

다음 권으로 이어집니다

사령왕 카르나크

임경배 판타지 장편소설

꿈의 도약, 로크에서 하십시오
(주)로크미디어에서 신인 작가를 모십니다

즐거운 세상, 로크미디어는 꿈을 사랑하고 도전을 두려워하지 않는 작가 분들의 참신한 작품을 기다리고 있습니다. 21세기 장르 문학계를 이끌어 갈 차세대 선두 주자 (주)로크미디어에서 여러분의 나래를 활짝 펴 보시길 바랍니다.

모집 분야 판타지와 무협을 포함한 장르 문학
모집 대상 아마추어 작가, 인터넷 작가
모집 기한 수시 모집

작품 접수 시 유의 사항

1. 파일명은 작가명_작품명.hwp형식을 갖춰 주십시오.
1. 파일에 들어갈 내용은 다음과 같습니다.
   － 성명(필명인 경우 실명을 밝혀 주세요), 연락처, 이메일 주소
   － 제목, 기획 의도
   － A4용지 1장 분량의 등장인물 소개
   － A4용지 2장 분량의 전체 줄거리
   － 본문
1. 작품이 인터넷에 연재되고 있다면, 게시판명과 사이트의 구체적이고 정확한 주소를 기재해 주십시오.

선택된 작품은 정식 계약 후 출판물로 간행되어 전국 서점에 유통됩니다.
작가 분은 (주)로크미디어의 전폭적인 지원하에 전속 작가로 활동하시게 됩니다.
※ 자세한 내용은 로크미디어 홈페이지(rokmedia.com)를 참조하세요..

(04167)서울시 마포구 마포대로 45 일진빌딩 6층
(주)로크미디어 편집부 신간 기획 담당자 앞
전화 : 02) 3273-5135
www.rokmedia.com   이메일 : rokmedia@empas.com